HAROLD PINTER

THE COMPLETE WORKS OF HAROLD PINTER Ⅲ

ハロルド・ピンター全集 Ⅲ

喜志哲雄｜沼澤洽治　訳

新潮社

《目次》

ハロルド・ピンター全集 Ⅲ

ティー・パーティ

＊『ティー・パーティ』はＥＢＵ（ヨーロッパ放送連盟）加盟の十六カ国の共同委嘱により、『世界最大の劇場』と題し、全十六カ国において放映するために執筆された。

一九六五年三月二十五日、ＢＢＣテレビジョンにより初放送された時の配役は次のとおり——

ディソン——リオ・マカーン
ウェンディ——ヴィヴィアン・マーチャント
ダイアナ——ジェニファ・ライト
ウィリー——チャールズ・グレイ
ディズリー——ジョン・ル・メジュリア
ロイス——マーガレット・デニア
父——フレデリック・パイパー
母——ヒルダ・バリー
トム——ピーター・バートレット
ジョン——ロバート・バートレット
（演出　チャールズ・ジャロット）

＊『ティー・パーティ』は『ベースメント』と共に、「ナイツブリッジ演劇プロダクション」の企画により、一九七〇年九月十七日からダッチェス劇場において上演された。

制作エディー・カラカンディス。

配役は次のとおり——

ディソン——ドナルド・プレゼンス
ウェンディ——ヴィヴィアン・マーチャント
ダイアナ——ゲイブリエル・ドレイク
ウィリー——バリー・フォスター
トム——ロビン・エンジェル
ジョン——ケヴィン・チペンデイル
ディズリー——デレク・エイルオード
ロイス——ジル・ジョンソン
父——アーサー・ヒューレット
母——ヒルダ・バリー
（演出　ジェイムズ・ハマースティン）

〔登場人物〕

ディソン

ウェンディ

ダイアナ

ウィリー

ディズリー

ロイス

父

母

トム

ジョン

（あるオフィス・ビルの最上階に登って行くエレベーター。中にウェンディが立つ）

（廊下。
エレベーターが停まるとその前は絨毯を敷きつめた広い廊下、何部屋続きかのオフィス内部である。壁には日本の絹布が貼られ、所々に窪み《アルコーヴ》があり、その窪みのあちこちに一つ一つ特別に設計された洗面台、きんかくし、ビデーが陳列され、フードをかけたスポットライトで照明されている。
エレベーターを降りたウェンディはこの廊下を歩き、ドアの一つに向かう。ノックする。ドアが開く）

（ディソンの部屋。朝。
ディソンが大きなデスクの後から立ち上がり、デスクの角を回ってウェンディを迎え、握手する）

ディソン　ドッドさんだね、ようこそ。ま、おかけなさい。

（ディソン、デスク後の椅子に戻り、坐る。ウェンディ、デスクの角にある椅子に坐る）

そう、そこだ。

（デスクの上の書類を見ながら）

君の推せん状その他一応拝見した。立派なものだ。経験も豊富だな。

ウェンディ　はい。

ディソン　なるほど業務内容はうちとは関係ないが。我が社は衛生器具専門のメーカー……いや、それはもうご存知だな？

ウェンディ　はい、ディソンさん、承知しております。

ディソン　我が社のことは聞いたことがおありだろうね？

ウェンディ　それはもう。

（ウェンディ、左脚を右脚に乗せ、組む）

ディソン　で、君、こういう……つまり、こういう仕事に関心を持てそうかね？

ウェンディ　ええ、それは大丈夫、心配ご無用ですわ。

ディソン　我が社は我が国最高の技術を誇る衛生器具メーカーだ。これだけは自信を持って断言できる。

ウェンディ　はあ。

ディソン　さよう。我が社のビデー生産台数は全英のトップを占めている。(笑い声を立て)いわば我々は使命感に燃えているとでも言ったらいいのかな――取りつけユニット、隠し水槽、足ペダル、こういうものが我々の使命だ。
ウェンディ　足ペダル？
ディソン　さよう、鎖やレバーで流す代りに、ただ足でペダルを踏めばよろしい。
ウェンディ　まあ、すてき。
ディソン　日に日にこの種の製品の人気は高まりつつある――ま、当然といえば当然だがね。

(ウェンディ、右脚を左脚に乗せ、組む)

さてと、君のこの……つまり、仕事だが、私の個人的助手をつとめてもらうことになる。このことはもうご承知だったかな？　つまり秘書、しかもきわめて腹心の秘書だ。したがって、おそらくは君にかなりの責任を委譲することになるだろうが、君……それだけの責任を果す自信があるかね？
ウェンディ　そう、一度お仕事の基本的な要点を全部頭の中で整理してしまえば、大丈夫だと存じますわ。
ディソン　ふむ、基本的な要点をな、よろしい。

(ウェンディ、左脚を右脚に乗せ、組む)

君、この前の職場をふいに辞《よ》したそうだが。

(間)

そのわけをお聞かせ願えるかね？
ウェンディ　それが、その……ちょっと申し上げにくいんですの。
ディソン　ほう？

(間)

だが、聞いといたほうが良さそうだ、そうじゃないかね？　な、君、言ってしまいなさい、大丈夫だ。どういう事情だったのだね？

(ウェンディ、スカートを引っ張って膝をおおう)

ウェンディ　それがどうも個人的なことなので。
ディソン　ふむ、しかし聞いといたほうが良さそうだ、そうだろう？

(間)

ウェンディ　要するにその、上役の方の私に対する関心に……あの、ブレーキをかけられなかった……それだけのことなんです。
ディソン　何だと？　(デスクの上の書類を参照し)　これほどの

一流会社でそんなことが？　信じられんな。
ウェンディ　でも本当なんです。

（間）

ディソン　で、関心とはどんな種類の？
ウェンディ　あら、そんなこと、まさか……
ディソン　どんな種類の関心かね？

（間）

ウェンディ　始終私にさわるんです、要するに。
ディソン　君に、さわる？
ウェンディ　ええ。
ディソン　さわるってどこを？　（あわてて）いや、君、それはさぞ迷惑だったろうな。
ウェンディ　ええ、正直申し上げて迷惑ですわ、年がら年中さわられるのは。
ディソン　というと、機会があればかならずさわる？
ウェンディ　はい。

（わずかな間）

ディソン　で、君、泣いたのか？
ウェンディ　泣いた？
ディソン　その上役とやらのおかげで、君、泣いたのかね？
ウェンディ　え、ほんの少し、時々。
ディソン　けしからん化物だ、正に。

（わずかな間）

心から同情するよ。
ウェンディ　ありがとうございます。
ディソン　それにしても秘書に……その、ふらちを働くとは実にけしからん。そんなものは昔話か、三文小説にしか出てこない伝説だと思っていたが……（舌を鳴らす）

（ウェンディ、右脚を左脚に乗せ、組む）

ま、何にせよ、君の推せん状、証明書のたぐいは実に立派なものだし、お見受けするところ、活潑旺盛、物事をう飲みにしない知性、それに好感の持てる態度物腰をお持ちのようだ。いずれもこのポストになくてはならんと私が考える資格を満たしている。さっそく働いていただくことにしよう。
ウェンディ　まあ、嬉しいわ。どうもありがとうございます、ディソンさん。
ディソン　いや、どういたしまして。

（二人、立ち上がる。ディソンは部屋を横切り、も一つのデスクに行くと）

これが君の机。
ウェンディ あら。
ディソン 昼休みの後で、私の予定をちょっと調べてもらいたい。実は……明日結婚するのでね、私は。
ウェンディ まあ、それはおめでとうございますわ。
ディソン ありがとう。そう、今週は私にとっては、実に嬉しい一週間だ、あれもこれも。

(ディソンのデスクの電話が鳴る。ディソン、部屋を横切ってデスクに行き、受話器を取り上げる)

もしもし、やあ、ディズリーか、どうだね?……え、何だと? 弱ったな、それは。困る、頼むから……

(ディソンの家の居間。夜)

ダイアナ これが兄のウィリーですの。
ディソン よろしく。
ウィリー こちらこそ。このたびはおめでとう。
ディソン ありがとう。
ダイアナ (ディソンに酒を渡し) はい、ロバート。
ディソン ありがとう。乾杯。
ダイアナ 乾杯。
ウィリー 明日という日を祝して。
ディソン 乾杯。

(一同乾杯する)

実は少しまずいことがあってね。
ダイアナ どうなさって?
ディソン 介添人が来られなくなったんだ。
ダイアナ まさか。
ディソン (ウィリーに) 私の一番古くからの親友だ。ディズリーといってな。流感で胃をやられた。明日の式には出られんという。
ウィリー 困りましたな。
ディソン 披露宴でスピーチをやってくれることになっていた――私のためにね。これが実にすばらしいスピーチなんだ。原稿を読ませてもらった。それが駄目になってしまった。

(間)

ウィリー ほかにどなたかお心当りは?
ディソン そりゃもちろんある。だが、ディズリーのような男は……つまり、彼はいわば天が選びたもうたようなはまり役でな。
ダイアナ 本当に困ったわね。

（間）

ウィリー　何なら、僕が介添役になってもいいですよ。

ダイアナ　駄目よ、ウィリー。あなたは私の親代わりじゃないの。

ウィリー　あ、そうか。

ディソン　いや、介添役などどうでもよろしい。誰に頼んだっていいんだから——ただ立ってりゃすむ役目だからね。肝心要《かなめ》なのはスピーチだよ、花婿のための。一体誰にやってもらえばいいんだ？

（間）

ウィリー　何なら僕がスピーチやってもいいが。

ディソン　でも君は花嫁のために一席やらなければならん立場だろう？　なのにどうして花婿のスピーチまでやれるんだ？

ウィリー　かまわないでしょう、そんなこと？

ダイアナ　そうね、どうでもいいことね。

ディソン　そりゃそうだ、だがね……つまり、ご好意には感謝するがだ……要するに、君、私という人間を知らんだろう？　たった今会ったばかりだからな。ディズリーなら私のことを良く知ってる、大事なのはそこだ。彼のスピーチは私達の長い長い友情を中心テーマとしている。つまり、彼が知っている私という人間の性格を……

ウィリー　ごもっとも、ごもっともです。僕はただね、どうしてもほかに手がなければ、喜んで一席つとめてもいいですよ、と申し上げてるだけだ。いざという時はおっとり刀ではせ参じってわけでしてな、いわば。

ダイアナ　ウィリーはスピーチの名人なのよ、あなた。

（結婚披露宴。高級レストランの特別室。ディソン、ダイアナ、ウィリー、ディソンの父と母、ディソンの息子達がいる。ウィリーがスピーチの最中）

ウィリー　妹のダイアナと私、二人してサンダリーの湖で泳いだ日々のことは忘れられません。妹は当時まだほんの少女でありましたが、そのクロールはまことに優雅で鮮かでした。サンダリーの夏の宵は長い。母と私が芝生を横切ってテラスに近づいてゆくと、大窓から妹が弾くブラームスが聞えてきます。そのデリケートなタッチ。母と私は音楽室に入ると、ただ黙ってたたずみ、ダイアナの白魚のごとき指が、鍵盤の上を至妙の軽やかさで躍り回るのを見つめるのでありました。父は父で、おのが娘の針仕事を見守るのを無上の喜びとしていた。国事に没頭し、行動に明け暮れた父が、多忙な仕事の世界を離れての唯一の慰めは、愛娘《まなむすめ》がせっせとお針に精出すのを、ただ坐り、何時間も眺め続けることだったのであります。

ことほどさよう、我が妹ダイアナは、私達一家のいとしき恵みであり、花、咲き誇り咲きにおう花でした。新郎に呈しうる言葉は単にこれあるのみ――新郎よ、あなたは無上の果報者。以上であります。

（拍手かっさい。ダイアナ、ウィリーにキスする。ディソン、心をこめてウィリーに握手）

司会者　では御列席の諸侯、尊師、紳士淑女の皆様、引き続きましてウィリアム・ピアポイント・トランス氏が、ご新郎のために祝杯に先立つごあいさつを。謹聴のほどお願い申し上げます。

（ウィリー、振り向く。拍手かっさい）

ウィリー　私は新郎のロバートさんを長くは存じ上げない。実を申せば、つい最近お目にかかったばかりであります。しかし、この短時日のうちに、私は彼が誠実かつ謙虚な人物であることを知った。ごくつつましやかな規模で始められたお仕事を、ついには我が国でも屈指の誇るべき、活潑な事業にと育て上げられた。しかもほとんど徒手空拳で。さて、今や氏は、ご自身の厳正なる誠実さにゆめ優らずとも劣らない女性と華燭の典をあげられたのであります。すなわち我が妹であり、外なる美はいわずもがな、内なる美という世にもまれな特質を持つ女性であります。針を手にすれば秀抜な女性、趣味、見識、感受性、想像力においては卓抜な女性。しかも水練の手なみも抜群、二百メートル平泳ぎではおそらく夫を寄せつけぬ女性。

（笑いと拍手。ウィリー、静まるのを待ち）

彼女の率直さ、精神のみやび、そして「サンシビリテ」、すなわち感受性は、全て我が両親から受け継いだものであります。今は泉下に眠る父と母でありますが、けっして私達のもとを離れてはおりません。この佳き日、父と母の魂はここにあり、皆様を心から歓迎し、花嫁には愛情を、花婿には祝福を送りつつあることでしょう。以上であります。

（拍手かっさい。ダイアナ、ウィリーにキスする。ディソン、心をこめてウィリーに握手）

ディソン　おみごとだ。

ウィリー　ダイアナ、一言言っておきたいんだが。

ダイアナ　何？

ウィリー　あんたは立派な男性と結婚した。この人ならきっとあんたを幸福にしてくれる。

ダイアナ　え、分ってるわ。

ディソン　すばらしいスピーチだった。実にすばらしい。ところで、君、今はどんな仕事を？
ウィリー　別にこれといって。
司会者　では御列席の……
ディソン　（ひそひそ声で）どうだ、私の所に来てみては？　気に入るか入らんか、うまくやれそうかどうか、とにかくしばらくためしてみたまえ。私の補佐役、副社長ということではどうだ。部屋も一つあてがうし、好きなだけ腕をふるう余地もある。
司会者　では御列席の諸侯、尊師、紳士淑女の皆様――
ウィリー　それはすてきだ。さっそくお引き受けします。
ディソン　よし。

（ダイアナ、ディソンにキスする）

ダイアナ　ああ、あなた。
司会者　では新郎から一言、謹聴のほどお願い申し上げます。

（ディソン、進み出る。拍手かっさい。沈黙）

ディソン　今日は私の生涯でもっとも幸福な日であります。

（イタリーの豪華なホテルの一室。電燈がついている。カメラはベッドの足許だけを映し、人物は見えず、声だけが聞える）

ディソン　幸せか、君？
ダイアナ　ええ。
ディソン　とても幸せ？
ダイアナ　ええ。
ディソン　これ以上幸せだったことある？　ほかの男と？
ダイアナ　いえ、けっして。

（間）

ディソン　私は君を幸せにしてるな？　これ以上ないほど……ほかのどんな男よりも。
ダイアナ　ええ、そうよ。

（間）

そうよ。

（沈黙）

（ディソンの家。工作室。ディソンは工作机に向かい、紙やすりと鉄やすりを使って手製のモデル・ヨットに仕上げをしている。仕事を終え、

ヨットのごみを払うと、棚の上に置き、満足げに眺める)

(ディソンの家。朝食用の部屋。朝。
ディソンとダイアナが食卓についている)

ディソン 君の目が輝いてる。

(間)

輝いてるぞ。

ダイアナ ふむむむ。

ディソン ここ何箇月も輝き続けてる。

ダイアナ (ほほ笑み)私の目が? 本当?

ディソン 毎朝毎朝。

(間)

良かった、君があの……ジェリーとか何とかいう奴と結婚しなくて……

ダイアナ ああ、あの人……

ディソン なぜ結婚しなかったんだね?

ダイアナ あの人弱い人だったから。

(間)

ディソン 私は弱くない。

ダイアナ ええ。

ディソン それとも弱いか?

(ダイアナの片手を取る)

ダイアナ いえ、あなたは強い人。

(ディソンの双生児が部屋に入って来る。
双生児は「お早う」とつぶやく。
ダイアナとディソン、「お早う」と言う。
沈黙。双生児、腰を下ろす。ダイアナ、二人に茶を入れる。
二人はトーストにバターを塗り、マーマレードを取り、食べ始める。沈黙)

卵はいかが?

トム いえ、けっこうです。

ダイアナ ジョン君は?

(沈黙)

ディソン ジョン!

ジョン 何だい?

ディソン 「何だい」はいかん。言葉に気をつけろ!

ジョン じゃ何て言うの?

ダイアナ 卵はいかが?

(間)

ジョン　あ、そうか。

（間）

いえ、けっこうです。

（二人の子供達、くすくす笑い、食べる。沈黙。
ジョン、トムにひそひそ話しかける）

ディソン　何を話してるんだ？　はっきり言いなさい。

ジョン　何も。

ディソン　お父さんがつんぼだと思ってるのか？

トム　そんな、思ってもみなかったな。

ディソン　お前に話してるんじゃない。お父さんはジョンに話してるんだ。

ジョン　僕に？　あ、ごめんなさいませ。

ディソン　つまらん真似は止せ。お前、今まで「なさいませ」などと言ったことはないだろう。お父さんに向かって「なさいませ」はいささかまぬけに聞えるぞ。

ジョン　でもウィリー伯父さんは、伯父さんのお父さんと話す時は、かならず「ませ」をつけたんだって。僕に話してくれたんだ。

ディソン　かも知れん。だが私はまっぴらごめんだ！　分ったか？

（会社のウィリーの部屋。朝。
ディソンがウィリーを案内して入って来る）

ディソン　さ、これが君の部屋だ。どうだね？

ウィリー　良い部屋だ。気に入りました。

ディソン　君のと私のとこの二部屋は、残りの社員達とは完全に切り離されている。残りの連中は全部下の階にいるわけだ。特に誰かと直接話したい時以外——そういう時はごくまれだがね——連絡はインターフォンだけ。同様、君の部屋と私の部屋の間も、不要な馴れ合いはごめんこうむる。二人で会いたい時はかならず前もってはっきり約束してから会う。さもなけりゃ、とても仕事にはならん。いいかね？

ウィリー　けっこうです。

ディソン　ここに今までいた男には、辞めてもらった。

（ディソン、ウィリーを案内し、二つの部屋を結ぶ戸口を通って自分の部屋に入る）

（会社のディソンの部屋。
サイドテーブルの上に二人分のコーヒーの支度。
ディソン、このテーブルに行き、コーヒーを注ぐ）

ディソン　私がどんな人間か説明しておきたい。私はとことんまでやる人間だ。仕事はばりばりやってもらう。遅疑逡巡は願い下げだ。甘えもごめんこうむる。自信のなさもお断わり。漠然はいかん。明晰を求める。明晰な意図、正確な実行。ミルク入れるか入れないか？

ウィリー 入れて下さい。

ディソン しかしだ、私はうぬぼれやおごりも容赦はせん。人は自己の能力、同様に他人の能力をも、冷静的確に評価しなければならん。その上で初めて、他の仲間達と安定した、理にかなった関係を結ぶことができる。私の見るところ、生きるとは積極的かつ意欲的な参加の行為だ。仕事もこれと同じこと。砂糖は？

ウィリー 二つ。

ディソン さて、他人に対する依存ということだが、私は依存などという言葉を軽々しく使いはせん。が、あえて使おう。依存はけっして弱さを意味しない。この言葉の意味を知ること、すなわち人の能力には限界があると知り、他人と共に生きることこそ、単に合理的のみならず、仕事をなしとげ、自己の尊厳を保つ唯一の道である、と知ることだ。自己に閉じこもって生きることに満足する人間ほど、むなしくかつなげかわしいものはない。私は今まで、我が社員一同、また取引き仲間達に対して、もっとも単刀直入な態度で臨むことを方針としてきた。意見とは、自由に、恥じも腹蔵もなく表明するもの、というのが私が身をもって実践しているやり方。問題が生ずれば、明晰な態度でこれに対処し、これを解決しうる立場に身をおく能力をつちかうことが絶対肝要だと思う。君の妹さんが私を愛しているのはこの理由からだ。私は問題の周辺部でぐずぐずするようなことはせん。まっすぐ核心を衝く。人生とは能率的効果的に生きられるものと信じている。小心翼々と他力本願で生きることにエネルギーを浪費するなど、私は絶対にやらん。また、私は人に愛してくれなどと頼みもしない。自分で努力しただけのむくいしか当てにせん。プラム・プディングを作ったら、人はどうするか？　棚の上に飾っときはせん。ナイフを突っ込んで食う、これだ。物事万事役割がある。つまるところはこう——君と私がいっしょに働くとすれば、相互依存こそ要《かなめ》であり、君は私を理解する義務があり、私は君を理解する義務があるということだ。同意してくれるかね？

ウィリー ええ、一から十まで。

ディソン さてと、まず君に必要なのは秘書だ。さっそく手配しよう。

ウィリー 僕に心当りがあるんですが。とても頭が切れて有能な女性です。

ディソン 誰かね？

ウィリー 僕の妹。

（間）

ディソン　君の妹？　つまり私の家内かね？

ウィリー　喜んで引き受けると言ってますが。

ディソン　初耳だぞ、私は。

ウィリー　妹ははにかみ屋ですから。

ディソン　しかし、家内は働く必要などないはずだ。なぜ働きたがるのかね？

ウィリー　あなたの側にいたいからです。

（会社のウィリーの部屋。ウィリーとダイアナがめいめいのデスクの前に坐り、熱心に書類を調べている。沈黙）

（会社のディソンの部屋。ディソンとウェンディがめいめいのデスクの前に坐っている。ウェンディは電動タイプを打ち、ディソンは窓の外を見ている。ディソン、窓から振り返り、ウィリーの部屋に通ずるドアをちらと見る。ウェンディのデスクのインターフォーンのブザーが鳴る。ウェンディ、スイッチを入れる）

ウェンディ　ディソンさんは三時半まではどなたにもお会いになりません。

（ディソン、ふたたびウィリーのドアをちらと見る。沈黙）

（ディソンの家。居間。宵の口。ダイアナと双生児の息子達があちこちに坐り、本を読んでいる）

ダイアナ　あなた達、生みのお母さまが恋しい？

ジョン　お母さんのことは僕らよく知らないんです。ほんの子供の頃に死んでしまったから。

ダイアナ　でもお父さまは立派にあなた達をお育てになった。

ジョン　どうもありがとう。お父さん、聞いたらさぞかし喜ぶだろうな。

ダイアナ　私、お父さまにそう言ったの。

ジョン　何と言ってました、お父さん？

ダイアナ　そう思ってくれると嬉しいって。とても大切なのね、あなた達が。

ジョン　親にとっては子供ってとても大切なものらしいですね、僕の見たとこじゃ。でも僕は「とても」っていうのは一体どういうことなのか分らなくなることがよくあってね。

トム　僕は「大切」っていうのは一体どういうことなのか分らなくなることがよくあってね。
ダイアナ　お父さまがお仕事をここまでに築き上げたことを誇りに思わないの、あなた達？
ジョン　思ってますよ。思ってますとも。

（間）

ダイアナ　で、お父さまがこうして再婚されて……生活ががらりと変ったと思う、あなた達？
ジョン　変ったとは？
ダイアナ　私といっしょに住むこと。
ジョン　あ、そうか。そういえば確かに調子が狂ったな。も少し馴れてみないと。なあ、トム、そう思わないか？
ダイアナ　そりゃ当然よ。でも、その馴れるってこと、あなたの目から見て、易しそう、それとも難しそう？
ジョン　いや、要はお母さんのほうがうまく馴れられるかどうかじゃないかな。僕ら二人は馴れるにかけては名人だもの。そうだな、トム？

（玄関のドアがバタンという。ダイアナと双生児達はめいめいの本に目を落とす。ディソン、入って来る。一同、目を上げ、ほほ笑む）

ディソン　ただいま。

（一同、ディソンに愛想好くほほ笑みかける。ディソン、一人一人にす早く視線を走らせる）

（会社のディソンの部屋。朝。窓にさしかける陽光。ディソン、デスクについている。ウェンディは書類キャビネットに。ディソン、ウェンディを見つめる。ウェンディ、振り向く）

ウェンディ　すばらしい日和ですわね？
ディソン　カーテンを閉めてくれ。

（ウェンディ、カーテンを閉める）

ディソン　坐りたまえ。
ウェンディ　はい。

メモ用紙の用意は？

（ウェンディ、デスクの角にある椅子に坐る）

ウォリック・アンド・サンズ社御中。今月二十一日付けのお手紙確かに拝受いたしました。貴社のご要望にそうことは容易であります。どうかしたのかね？
ウェンディ　え？
ディソン　何かもぞもぞしてるようだが。
ウェンディ　申しわけありません。

ディソン　椅子のせいか？

ウェンディ　はあ……そうかも。

ディソン　固すぎるかな、君には少し？

（間）

そうかね？

ウェンディ　ええ、少し。

ディソン　机に坐りなさい。

ウェンディ　机に？

ディソン　そう、レザーの張ってある所に。

（わずかな間）

その方が……君には柔かで良かろう。

ウェンディ　まあ、助かりますわ。

（間。ウェンディ、やっと組んでいた足をほどき、立ち上がる。デスクを見て）

少し高すぎて……登るには。

ディソン　そんなはずはない。

ウェンディ　（デスクを見ながら）ふーん……

ディソン　さ、登りなさい。これが高すぎるなんて。

（ウェンディ、デスクに背をあてがうと、ゆっくり登ろうとする。途中で止し）

ウェンディ　椅子に足を乗せないと、身体が持ち上がらなくって。

ディソン　別に足を使わなくとも身体は持ち上げられる。

ウェンディ　（自信なげに）そうね……

ディソン　登るのか登らんのかはっきりしてくれ。どっちかにきめること。バーミンガム行きの手紙を仕上げなけりゃならん。

（間）

ウェンディ　あの、考えてたんですけど、社長さんのお椅子にこのハイヒールで乗ってかまいませんかしら……机に登るために。

ディソン　かまわん。

ウェンディ　でも、踵が木に傷をつけそうで。このヒール、先がだいぶ尖ってますから。

ディソン　そうかね？

（間）

ま、とにかくやってみたまえ。傷などつかんさ。

（ウェンディ、椅子に足を乗せ、デスクに身体を持ち上げる。

ディソン、これを見守る。
ウェンディ、デスクの上に腰を落ち着け、ペンとメモ用紙を手に取り、メモから読み上げる）

ウェンディ　貴社のご要望にそうことは容易であります。

（ディソンの家。遊戯室。昼間。
ディソンとウィリーがピンポンの最中。双生児が観戦。長いラリー。ディソン、バックハンドではじき返してポイント）

ジョン　ナイスショットだ、お父さん。
トム　サーティーン・エイティーン。
ウィリー　バックが冴えてますな。
ジョン　フォアを攻めるといいよ。

（ウィリー、サーヴする。ラリー。ウィリー、ディソンのフォアハンドを攻める。ディソン、右に動いてバックではじき返し、ポイント。双生児、拍手する）

トム　サーティーン・ナインティーン。
ウィリー　相手のフォアをバックで打ち返すとおいでなすったか。

（ウィリー、サーヴする。
カメラはディソンの目から見ている。二箇の球がバウンドし、右と左の耳許を通過）

双生児　きまった！
トム　フォーティーン・ナインティーン。

（ディソン、ラケットを下に置くと、ゆっくりウィリーに歩み寄る）

ディソン　ボールを二箇使うとはひどいぞ、あんた。
ウィリー　二箇？
ディソン　二つ使ってサーヴしたじゃないか。
ウィリー　とんでもない。一つだけですよ。
ディソン　いや、二箇だ。

（間）

ジョン　一つだよ、お父さん。
ディソン　何だと？
トム　一つだ。

（間）

（ウィリー、ディソンの側の台の端に歩み寄り、かがみ込む）

ウィリー　ほら。

（ウィリー、球を一箇拾い上げる）

一つだけでしょう、そらね。

（球を投げてよこす。ディソン、手を出すが見失ない、球はバウンドして台の下に。ディソン、腰をかがめ、台の下に首を突っ込んで球を探す。見つけ、身を引き、見上げる。ウィリーと双生児がディソンを見下ろす）

（ディズリーの診察室。
部屋は暗くしてある。
懐中電燈がディソンの目を照らす。まず左目、続いて右目。
懐中電燈が消え、部屋の電燈がともる）

ディズリー　全然異常なしだ、君の目は。
ディソン　全然？
ディズリー　君の目は絶好調だよ。嘘じゃない。
ディソン　妙だな。
ディズリー　完璧な視力と言っても言いすぎにはなるまい。
ディソン　へえ。
ディズリー　一番下の列を横に読んでみたまえ。

（ディズリー、部屋の電燈を消し、検眼表についたランプをともす）

さ、どうだ？

ディソン　**EXJLNVCGTY**
ディズリー　満点だ。

（検眼表のライトが消え、部屋の電燈がともる）

ディソン　ああ、そりゃ分ってる……分ってるんだが……
ディズリー　じゃ、何が心配なんだ？
ディソン　心配というわけじゃないが……
ディズリー　色彩か？　色を見ま違えるのか？　じゃ僕を見てみろ。僕は何色だ？
ディソン　無色透明。
ディズリー　（笑うが、途中で止め）ご名答だ。僕の目立つ特徴を言ってみたまえ。
ディソン　二つある。
ディズリー　何だって？
ディソン　髪に灰色の筋が一筋、ごくかすかだが。
ディズリー　違いない。もう一つは？
ディソン　左の頰に茶色のしみがあるな。
ディズリー　茶色のしみ？　見えるのか、こいつが？（鏡を見）そんなに目立つとは知らなかった。
ディソン　目立たないでどうする？　おかげで君の顔が台なしになってる。
ディズリー　よせ……いやなに、かんべんしてくれ、こいつをあげつらうのは。そんなに目立つとはついぞ——まだ気がついた奴は誰もいないんでね。

ディソン　奥さんもか？

ディズリー　いや、女房は気がついてる。何にせよ、君の目は立派なもんだ。そこにあるスタンドのシェードの色は？

ディソン　濃紺で筒型だ、両方とも。それに金縁。絨毯はインド製。

ディズリー　そいつは色とは関係ない。

ディソン　色は白。それからあそこのキャビネットの脇に、まっ黒い焦げ跡がある、だいぶ深い。

ディズリー　焦げ跡？　どこに？　あの影のことか、君が言ってるのは？

ディソン　影じゃないよ、焼け焦げだ。

ディズリー　（見て）本当だ。一体どうしてできたのかな？

ディソン　なあ、君……私は目が見えなくなったなどとは言ってやしない。分ってないんだよ、君は。大体において……私の目は優秀そのものだ。昔からそうだった。ところが……その……最近どうも不安定になり……つまりその……気まぐれを起こすんだ。時々ふいに……時々といってもごくたまにだが……何かが起こる……変になってしまうんだ……目が。

（間）

ディズリー　だが、君の視力が異常だという証拠は何一つ見当らんぞ。

ディソン　分ってないんだよ、君は。

（ドアをノックする音。ロイスが登場）

ロイス　私これから出かけますの。その前にごあいさつだけしとこうと思って。

ディソン　今日は、ロイス。

（ディソン、ロイスの頬にキスし）

ロイス　診察にばかに手間取ったのね。まさかあなた、老眼鏡が必要になったなんてことないでしょうね？

ディズリー　この先生の目は完璧さ。

ロイス　そう見えるもの。

ディソン　すてきなドレスじゃないか、それ。

ロイス　あら、お気に召して、本当に？

ディソン　もちろんさ。

ロイス　そうだ、小鳥さん達、まだいるかどうか。ちょっとごらんになって。

（ブラインドを上げ）

あ、まだいる。みんな水浴びしてるわ。

（一同、庭を眺める）

ごらんなさい。とっても幸せそう。家の水浴み場がすっかりお気に入りなのよ、本当に。すっかりお気に入り。あの小鳥さん達のおかげで私もとっても幸せ。小鳥さん達も本能的に分るらしいのね、私が小鳥さん達を大好きだってことが。分ってるのよ、本当に。

(ディソンの家。寝室。夜。
ディソンが一人で鏡に向かっている。
ネクタイを締めているところ。締め終わる。前半分が胸のなかばまでしか届かない。
ほどいてまた結ぶ。前半分はさらに短くなる。
ほどいてネクタイを眺める。
ふたたび結ぶ。今度は前後とも長さが揃う。
ディソン、深く息をつき、ほっとすると部屋を出て行く)

(ディソンの家。食堂。夜。
ダイアナ、ウィリー、ディソンが食事中)

ダイアナ　めっけものだわ、あの子。
ウィリー　そう、我が社の宝だ、そう思いませんか?
ディソン　ああ。
ダイアナ　だってあの人……別に……私達の身内じゃないでしょ……いわばよそ者……それがあれだけいそいそと仕事に打ち込んでくれるなんて……感心よ、本当に。私達運が好かったわ、あの子を見つけて。
ディソン　彼女を見つけたのは私だよ。
ウィリー　僕を見つけたのもあんただ。
ダイアナ　(笑いながら) 私を見つけたのもね。

(間)

あの子なら何でもまかせられるし、電話に出れば何とか相手を言い含めてしまうし。聞いてたの、私……ドアが開いてた時……一度か二度だけど。
ウィリー　立派な子だ、何をやらしても。
ディソン　そうすばらしいってほどでもない。

(間。二人、ディソンを見る)

役に立つことは確かだ。だがすばらしいってほどでもない。
ダイアナ　そう、そりゃ私ほどのたしなみはないかもしれないわね。どう、ウィリー、私は秘書として立派?
ウィリー　一流だ、一流。

(間、一同食べ、飲む)

ディソン　君が働くのはあまり感心せんな。
ダイアナ　私が?　なぜいけないの?　私お仕事が楽しくって。
ディソン　君に会えんからさ。家にいてさえくれれば、時には午後の仕事を休んで……その、君に会えるかもしれない。今のままじゃ、全然会えん。昼間はな。
ダイアナ　近くて遠きはってわけ?
ディソン　そうだ。

（間）

ダイアナ　あなたの秘書になろうかしら、私?
ディソン　いやいかん、それは論外だ。うまくゆくわけがない。

（間）

ウィリー　でも僕らみなお昼時にはいっしょになるし、夜もいっしょになるじゃないですか。

（ディソン、ウィリーを見る）

ダイアナ　私、働くのが好きなの。あなた、私がどこかよそで他人のために働くなんて、おいやでしょ?
ディソン　いやだね、絶対。君、ウェンディが私にどんな話したか知ってるだろう?
ダイアナ　話って?
ディソン　前働いてた所の上役は、のべつあの子にさわってくるんだそうだ。
ウィリー　まさか。
ディソン　のべつな。さわる。
ダイアナ　あの子の身体に?
ディソン　ほかにさわる所があるか?

（間）

ダイアナ　もしそういうことが世間一般のならわしだとすれば、ますます身内どうしのほうが安全じゃありませんか? そりゃもちろん、ウェンディをさわりたがると同じ意味で男の人が私にさわりたがるかどうかは分らないけど。

（間）

でもね、ロバート、これだけは分って下さいね——私はあなたの妻であると同時にあなたの使用人にもなりたいの。どう、こんなこと言ってあなた、迷惑、ウィリー?
ウィリー　いや、とんでもない。
ダイアナ　なぜって、あなたの使用人になれば、私、あなたの利益を推進するのに一役買うことができるでしょう——あなたの利益、つまり私達の利益をね。私のしたいことはそれ。ウィリーだって同じことよ、そうね、ウィリー?

（会社のディソンの部屋。朝。

（ディソンが一人で部屋の中央に立っている。ドアを眺め、それからウェンディのデスクに歩み寄る。ウェンディの椅子を見下ろす。さわってみる。ゆっくり腰かける。腰かけたままじっと動かない。ドアが開く。ウェンディが入って来る。ディソン、立ち上がる）

ディソン　遅いね。
ウェンディ　私の椅子に坐ってらしたわね、ディソンさん。
ディソン　遅いねと言ってるんだ。
ウェンディ　いいえ、全然遅くありません。

（ウェンディ、自分のデスクに歩み寄る。ディソン、道をあけ、部屋を横切る）

がっかりだわ、私。
ディソン　なぜ？
ウェンディ　せっかく新しいドレスを着て来たのに。

（ディソン、振り向き、彼女を見る）

ディソン　いつ着たんだ、そのドレス？
ウェンディ　今朝。

（間）

ディソン　どこで着た？
ウェンディ　私のアパートで。
ディソン　アパートのどの部屋で？
ウェンディ　本当いうと部屋じゃなくて玄関。玄関に大きな姿見がおいてあるもので。

（ディソン、ウェンディを見つめながら立っている）

お気に入りまして？
ディソン　ああ、いいドレスだ。

（ディソンの家。工作室）

ディソン　それじゃ駄目だ、もっとしっかり押えつけてくれ。

（トム、工作机の上で木片を押えている。ディソン、その端を削ぐ）

力を入れろ。ぎゅっとつかめ。
ジョン　万力使ったほうがいいよ。
ディソン　万力だと？　私はお前達に体力をいかに集中して、役に立つ仕事をするか、教えたいんだ。
ジョン　何が出来るの、お父さん？
ディソン　見てりゃ分る。

（ディソン、削ぎ続ける。身を起こすと）

のこぎり。

ジョン 僕に言ったの？

ディソン のこぎりだ！ のこぎりをよこせ！ （トムに）お前は何してるんだ？

トム 木を押えてるんだよ。

ディソン いいからよせ。もう削ぐのは終わった。先を見てみろ、良く尖ってるだろう。

ジョン 先に芯を入れれば鉛筆になるな。

ディソン お前、学校じゃそれでも冗談がうまいってことになってるのか？

ジョン そう思う奴もいれば、思わない奴もいるよ。

ディソン お前、のこぎりを持て。

トム 僕？

ディソン 切り落とすんだ……ここから。

（木片の上に指で線を引いてみせる）

トム でも、僕のこぎりは使えないんだよ。

ジョン 宿題どうしたらいいんだい、お父さん？ 僕達、中世の暗黒時代について作文書かなけりゃならないんだ。

ディソン 中世などほっとけ。

ジョン 中世などほっとけだって？

トム お父さん、やって見せてよ。僕達見学するからさ。

ディソン えい、そいつを貸せ。

（ディソン、のこぎりを受け取り、木の上の印を指さし）

さ……ここから切り落とす。

トム （指さし）ここからだって言ったぞ、お父さん。

ディソン いや違う、ここからだ。

ジョン （反対の端を指さし）ここからだって言ったと思うがな、確か。

（間）

ディソン 部屋に帰れ、お前は。

（間）

出て行け。

（ジョン、出て行く。ディソン、トムを見る）

お前は何か覚えてみたいか？

トム うん。

ディソン 私はどこから切り落とすと言ったかね？

（ディソン、木片を見つめる。トム、木片を動かぬよう押える）

押えろ、じっと。動かんようにしろ。

（ディソン、のこぎりでひく。のこぎりはトムの指すれすれ。トム、緊張して見下ろす。ディソン、木を切り落とす）

トム　すんでのとこで、指を切り落とされそうになったぞ、お父さん。

ディソン　いや、そんなばかな……

（ふいにトムをにらみつけ）

お前が木を動かんように押えてないからだ！

（会社のディソンの部屋。カーテンが引いてある）

ディソン　ここに来て、君のその薄絹のスカーフを、私の目に巻いてくれ。目が痛むんだ。

（ウェンディ、薄絹のスカーフを目に巻きつけてやる）

ニューカースルのマーティン氏に電話を頼む。送り状ナンバー六三四七二九の品がまだ到着しておりませんが、遅延の理由は何ですか、と聞いてくれ。

（ウェンディ、受話器を取り、ダイヤルを回し、待つ）

ウェンディ　ニューカースルの七七二五四をお願いします。

どうも。

（待つ。ディソン、ウェンディの身体にさわる）

ええ、切らずに待ってますから。

（ディソン、彼女にさわる。ウェンディはさわられて身動きする）

もしもし、マーティンさまを。こちらはディソンの秘書でございますが。

（カメラはディソンにすえられる。ディソン、片腕を伸ばしている）

もしもし、マーティン様でいらっしゃいますか？　こちらはディソンの秘書でございます。社長があなたさまに……まあ、もうご存知で。（ウェンディ、笑う）はい……そうでございます。

（カメラはディソンに。ディソン、身を乗り出し、腕を伸ばす）

まあ、もう発送済みで？　ええ、それならよろしゅうございます。社長も喜ばれますわ。

（ウェンディ、さわられて身動きする）

ええ、申し伝えます。もちろん。

（受話器をかける。ディソン、手を引っ込める）

マーティンさんがどうか悪しからずっておっしゃってました。註文の品はもう発送したそうですわ。

（インターフォーンのブザーが鳴る。ウェンディ、スイッチを入れる。ウィリーの声が聞える）

もしもし？

ウィリー　ああ、ウェンディか、ディソンさんはおいでかね？

ウェンディ　社長とお話になりたいんですか、トランスさん？

ウィリー　いや。君の手を五分ほど借りていいかどうか、うかがってみてくれ。

ウェンディ　トランスさんが、私の手を五分ほど借りていいかと聞いておいでですが。

ディソン　自分の秘書はどうしたんだ？

ウェンディ　社長があなたご自身の秘書はどうされたか聞いておいでですが。

ウィリー　気分が悪くなって、家に帰った。ほんの五分でいいんだ、頼む。

（ディソン、境のドアをさし示す）

ウェンディ　じゃすぐまいりますから。

ウィリー　ディソンさんにお礼を言ってくれ。

（インターフォーン、切れる）

ウェンディ　トランスさんがお礼をとのことです。

ディソン　聞えたよ。

（ウェンディ、境のドアを通り、ウィリーの部屋に入る。ドア、閉まる。

沈黙。

ディソン、スカーフを目に巻いたまま、じっと坐っている。ドアのほうを眺める。

くすくす笑い、しーっという声、のどを鳴らす音、きっきと騒ぐ声が耳を打つ。

ドアに歩み寄ったディソン、ドアの把手の側に坐り込み、スカーフを持ち上げて、鍵穴からのぞこうとする。何も見えない。ふたたびスカーフを下げ、目を隠すと、ドアに耳を当てる。把手が頭の骨にくい込む。音が続く。

ふいに沈黙。

ドアが開いている。

二本の女の足が、坐り込んだディソンの横に立っている。凝固したようになったディソン、ゆっくりと片手を出し、女の足にさわる。スカーフを目からもぎ取る。スカーフは首の回りにだらりとかかる。ディソン、見上げる。
ダイアナが彼を見下ろしている。
ダイアナの背後、ウィリーの部屋では、ウェンディが坐り、
ウィリーの口述を筆記中。ウィリーは立ったまま）

ダイアナ　何のお遊戯、これは？

（ディソン、そのまま）

お立ちなさい。あなた、一体何してるの？　そのスカーフはどういうわけ？　しゃがんでないで立ってといったら。一体何してるんです？

ディソン　探し物だ。

ダイアナ　何ですって？

（ウィリー、ドアに歩み寄り、にっこりするとドアを閉める）

探し物って、何を？　とにかく立ってちょうだい。

ディソン　（立ちながら）そんな口をきくな、私に向かって。よくもずうずうしく。口に拳骨をおみまいしようか？

（ダイアナ、顔をおおう）

お前こそ、その部屋で何をしてた？　家に帰ったはずじゃなかったのか？　一体何をしてたんだ？

ダイアナ　また戻って来たのよ。

ディソン　というと、あの二人といっしょにその部屋にいたんだな？　いたんだな、二人といっしょに？

ダイアナ　ええ、そうよ！　だからどうだって言うの？

（間）

ディソン　（冷静に）私は鉛筆を探してたところだ。机から転がり落ちてな、鉛筆が。ほら、これだ。あんたが入って来る直前に見つけてポケットに入れたのさ。目が痛むからウェンディのスカーフを借りて巻いてる。目を休めるためにね。何をそう興奮してるんだ、あんた？

（会社のディソンの部屋。昼間。
ディソン、デスクで書きものをしている。ウェンディ、キャビネットに行き、書類綴を調べる。沈黙）

ディソン　君のアパートってどんなアパートなのかね？

ウェンディ　とても狭い所ですけど、住み心地はいいの。

ディソン　じゃだだっ広くて、淋しいってことはないんだな？

ウェンディ　ええ、とても小ぢんまりしてます。

ディソン　バスルームの器具はどうだ、上等か？

ウェンディ　まあまあですわ。家の社の製品ほどじゃないけど。

（間）

ディソン　一人暮しか？

ウェンディ　いえ、お友達の女の人と同居してます。でもその人、留守がとても多くって。スチュワーデスをしてるもんですから。私にもスチュワーデスにならないかって言うのよ。

ディソン　君、悪いことは言わん。スチュワーデスになりたいなどと、夢思うんじゃないぞ。絶対に。遠くで見てりゃ、なるほど、いかにも華かだ、だがな、実際はぞっとするようないやな生活だぞ……ぞっとするような……

（ディソン、ウェンディが書類綴を持って自分のデスクに行き、またキャビネットに戻るのを見つめる）

君、子供の頃、淋しい思いをしたかね？

ウェンディ　いいえ。

ディソン　私もだ。友達がたくさんいたのでね。本当の親友が。もちろん、大部分は現在国外で活躍してる——バナナ園の経営、油田技師、あるいはジャマイカに、あるいはペルシャ湾に……だがもし私が奴らに明日ふと出くわしたとしても、全然心のへだたりとか、ぎごちなさはあるまい。ごく自然に旧交を暖める、それだけのことだ。

（ウェンディ、キャビネットの前で低くかがみ込む。ディソン、そのお尻をじっと見つめる）

要するにこれは一本芯の通った友情ということだ……不滅の友情という芯がどっかりと……

（ふいにウェンディの身体が巨大にクローズアップされる。彼女のお尻が画面一杯にふくらむ。ディソン、両手を上げ、これを押しのけようとする。その肘が丸型のテーブル・ライターにぶつかり、ライターをデスクから落とす。また全てが正常な大きさに戻る。ウェンディ、キャビネットから振り向き、立ち上がる）

ウェンディ　何かしら、今の音？

ディソン　ライターだよ。

（ウェンディ、ディソンのデスクに来る）

ウェンディ　どこに落ちたんでしょう？

（ウェンディ、ひざまずき、デスクの下を探す。ライターはディソンの足許にある。ウェンディが手を伸ばして取ろうとすると、ディソンは部屋の向こう側まで蹴飛ばしてしまう）

（笑いながら）ま、なぜ？

（ウェンディ、立ち上がる。ディソンも立ち上がる。ウェンディ、ライターのほうに行く。ディソン、その先回りをし、ライターを足許にして立つ。ウェンディを見る。ウェンディ、立ちどまる）

何ですの？

（ディソン、身体を左から右に振ってフェイント・モーション）

ディソン　さ、来い。

ウェンディ　え？

ディソン　私をタックルしてボールを奪え。

ウェンディ　タックルって、何を使って？

ディソン　足だ。

（ウェンディ、ゆっくりと前進。ディソン、ドリブルして向こうに行き、振り向くと、絨毯に沿ってライターをウェンディのほうに蹴る。ウェンディ、片足でライターをストップし、足許に置いたまま身体の向きを変える）

やったな！

（ウェンディ、両足を広げ、ライターをその間に置いて立ち、ディソンをじっと見つめて立つ。ウェンディ、足を軽く踏み鳴らす）

ウェンディ　よし、さあ来い！

（ディソン、ウェンディめがけて進む。ウェンディ、体をかわす。ディソン、彼女の片腕をつかむ）

反則よ！

（ディソン、腕を離す）

ディソン　すまん。

（ウェンディ、ライターを足の間に置いて立ちはだかる）

ウェンディ　さ、来い。タックルしてごらん。ささ、タックルよ！　ボールが取れるものなら取ってごらん！　ファイト、ファイト！

（ディソン、動き始めるが途中でとまり、へたへたと床にくずおれる）

どうしたの？

ディソン　いや、何でもない。大丈夫だ。
ウェンディ　手を貸しましょうか？
ディソン　いや、そのまま、そのままで。君はこの仕事にとっては実に貴重な存在だ。良く働く。優秀だ。何か苦情があるなら遠慮なく言いなさい。すぐ処置するから。君は実に有能な秘書だ。昔から私が求めていたものだ。君、何も不足はないかね？　勤務条件は満足か？

ウェンディ　百パーセント満足ですわ。

ディソン　良かった。それは良かった……良かった。

（ディソンの家。寝室。夜。ディソンとダイアナがベッドの中で本を読んでいる。ダイアナがディソンを見る）

ダイアナ　あなた、ちょっと沈みがちね……最近。

ディソン　私が？　いや、全然。目下ナポレオンの伝記を読んでる、それだけだ。

ダイアナ　いえ、今ここでって言ってるんじゃないの。一般にってことよ。何かわけが……？

ディソン　いや、私は全然沈んじゃいない。本当だ。

（間）

ダイアナ　来週水曜が結婚満一年の記念日よ、ご存知だった？

ディソン　もちろん。忘れるはずないじゃないか？　夜いっしょに出かけよう。二人だけでな。

ダイアナ　まあ嬉しい。

ディソン　それに午後、会社でささやかなティー・パーティを開くつもりだ。父と母が出て来る。

ダイアナ　いいわね、それは。

（間）

ディソン　最初のこの一年、どうだった？　楽しく過せたか？

ダイアナ　ええ、とても。楽しくて楽しくて。

（間）

ディソン　息子達に実に良くしてくれたな。

ダイアナ　二人とも私になついてくれるの。

ディソン　確かだ、確かに。

（間）

会社のためにもありがたい、君が働いてくれるんで。

ダイアナ　嬉しいわ、そう言って下さると。とても。

（間）

スペインに行けたら楽しいでしょうね。

（間）

ディソン　君、お金に不自由はないだろうね？　欲しい物に困るようなことはあるまいな？

ダイアナ　え、充分よ。どうもありがとう。

（間）

ディソン　私は君のことでとても鼻が高い。

ダイアナ　私も。

（沈黙）

（会社のディソンの部屋）

ディソン　コーリーへの手紙は？

ウェンディ　書きました。

ディソン　ターンブルへは？

ウェンディ　書きました。

ディソン　アーヴァリーへは？

ウェンディ　書きました。

ディソン　アーヴァリーへの手紙の写しを見せてもらおうか？

ウェンディ　はい、これ。

ディソン　ほう、アーヴァリーのスペルも間違わなかったね。

ウェンディ　間違わない？

ディソン　よく最初のRの字を落として、エヴァリーと書いてしまうものだが、君はちゃんと書いた。

ウェンディ　ええ。（向こうを向く）

ディソン　ちょっと待った。ターンブルのスペルはどうだ？　別に見せてくれなくともよい。口で言ってごらん。

ウェンディ　**T・U・R・N・B・U・L・L**。

ディソン　よろしい、そのとおり。

（間）

そのとおり。じゃもう一つ訊くが——

（画面がまっ暗になる）

君、君、どこにいるんだ？

（間）

君の姿が見えんぞ。

ウェンディ　ここにいますわ。

ディソン　どこに？

ウェンディ　私を見ておいでになるくせに。

ディソン　すると、私の目は開いてるのか？

（間）

ウェンディ　さっきから同じ所にいるのよ。動いたりしませんわ、私。

ディソン　開いてるのか、私の目は？

ウェンディ　あんまりだわ……
ディソン　これは君なのか？　今私がさわってるこれが？
ウェンディ　ええ、そうよ。
ディソン　え、これがか？　私がさわってるこの全部が？
ウェンディ　また社長さん、得意のお遊戯なのね？　またおいたをなさってるのね？

（また見えるようになる。
ディソン、ウェンディを見る）

ずるい方。

（ディズリーの診察室。
懐中電燈がディソンの目を照らす。右目、続いて左目。懐中電燈が消え、部屋の電燈がともる）

ディズリー　どこも悪くないぞ。
ディソン　じゃどうすりゃいいんだ？
ディズリー　僕は眼のことしか分らんからね。君、どうして僕の所に来る？　なぜどこかほかの医者に行かんのだ？
ディソン　だって、やられてるのは目だからさ。
ディズリー　いいか、君、どうしてほかの医者に行かん？

（ディズリー、道具を片づけ始める）

何か心配事があるんじゃなかろうな？
ディソン　あるものか。全て満ち足りてるよ、私は。
ディズリー　休暇は取らないのか、近いうちに？
ディソン　スペインに行くことになってる。
ディズリー　うらやましい男だ。

（間）

ディソン　な、君、聞いてくれ。君は私の一番古くからの親友だ。結婚式には介添をやってくれることになっていた。
ディズリー　そのとおり。
ディソン　私のためにすばらしいスピーチを書いてくれたな、君は？
ディズリー　ああ。
ディソン　が、君は病気でやむをえず欠席した。
ディズリー　そのとおり。

（間）

ディソン　私を助けてくれ。

（間）

ディズリー　結局誰がスピーチやったんだね？　確か君の奥さんの兄貴が？

ディソン　私が不幸な思いをしてるなどと思ってもらっちゃ困る。幸せだよ、私は。
ディズリー　で、どんなスピーチだった？

（ディソンの家。居間。宵）

ディソン　サンダリーの話をしてくれ。
ウィリー　サンダリーの？
ディソン　君ら二人が生まれた土地の話をだよ。君ら二人が兄妹ごっこをやった土地の。
ウィリー　兄妹ごっこはないでしょう。僕らは本当の兄と妹なんだから。
ダイアナ　あなた、飲むのはおよしになって。
ディソン　飲む？　これが？　こんなのが飲む部類だと？　昔は一晩に九パイントか十パイントは干した私だぞ！　九パイントか十パイントは！　月火水木金土日、毎晩毎晩！　仲間といっしょに！　仲間達と私と！　たとえ相手が誰だろうと、手の一本や二本へし折ってやる……私を裏切るような真似をした奴は。そう、あれは私が熟練工になる前のことだった。まだ私が……

（途中でおし黙り、ただ坐っている）

ウィリー　サンダリーはきれいな所だった。
ディソン　分ってる。

ウィリー　永遠に帰らぬあの美しさ。
ディソン　帰るも帰らんも、私は行ったことがない。

（ディソン、立ち上がり、酒を取りに行く。酒の道具の置いてあるテーブルの前で振り向き）

二人で何をひそひそやってる？　私に聞えないとでも思うのか？　見えないとでも思うのか？　私にだって思い出はあるさ。こんなことの始まるずっとずっと前の思い出がな。

ウィリー　そう、きれいな所だった、サンダリーは。
ディソン　湖。
ウィリー　そう、湖。
ディソン　細長い大窓。
ウィリー　客間から出て。
ディソン　テラスに。
ウィリー　音楽が聞える。
ディソン　ピアノだ。
ウィリー　夏の夜。野生の白鳥。
ディソン　白鳥？　白鳥とは何だ？
ウィリー　みみずく。
ディソン　門にはニグロが。木蔭に。
ウィリー　ニグロはいなかった。
ディソン　なぜ？

ウィリー　家にはニグロはいなかった。
ディソン　一体全体なぜ？
ウィリー　家の一族の気まぐれさ、それだけのこと。
ダイアナ　（立ち上がり）あなた。
（間）

ディソン　こいつの前で。
ダイアナ　お願い。
ディソン　そんなこと言っていいのか、こいつの前で？
もう寝ましょう。

（ディソン、ダイアナに歩み寄り）

お前、なぜ私と結婚した？
ダイアナ　あなたを尊敬したの。とてもきっぱりした方だったから。
ディソン　お前は私に惚れた。
ダイアナ　親切な方だったから。
ディソン　親切だから惚れたのか？
ダイアナ　偉い方だと思ったの——明晰な頭、決断力、意志、立身出世型のたくましさ——
ディソン　そのために私に夢中になったのか？
ウィリー　（ディソンに）ちょっと、二人だけでお話したいんだが。

ディソン　私に夢中になったのか、そのために？

（間）

ダイアナ　ええ、ご存知じゃありませんか。
ウィリー　ね、二人だけで話しましょうや。（ダイアナに）頼む。

（ダイアナ、部屋を出て行く。
ディソン、ウィリーを見る）

ディソン　やることに注意しろよ。いいか……やることに注意だぜ、ウィリー、いや、ビル、ビル君よ。
ウィリー　ねえ、あんた、気になってたんだが。何か気になることがあるんですか？
ディソン　私の気にか？　いや、とんでもない、何もあるもんか。
ウィリー　私の仕事ぶりに不満だとか、そんなことは？
ディソン　いや、全然逆だ。全くその逆だよ。
ウィリー　ああ、良かった。僕はこの仕事が気に入ってましてね。最善をつくすようにしてます。
ディソン　ま、聞け。君を私の共同経営者にしたいんだが。分るか？　完全な責任者になって欲しい……私といっしょにな。
ウィリー　本当ですか？

ディソン もちろん。
ウィリー ありがたいな、本当に。何とお礼言っていいか分らない。
ディソン 何も言うな、何も。

（会社のディソンの部屋。
ウィリーが戸口に）

ウィリー さ、出かけますか？
ディソン よし。
ウィリー （ウェンディに）大事な昼飯でね、今日のは。だがおそらくうまくゆく、そう思いませんか、社長？（ウェンディに）前途すこぶる有望さ。

（ディソンとウィリー、出て行く。ウェンディ、書類をクリップでとめる。
ダイアナがウィリーの部屋に通ずる戸口から入って来る）

ウェンディ まあ、今日は、奥様。
ダイアナ 今日は、ウェンディ。

（間。
ダイアナ、ウェンディがクリップで書類を留めるのを見守る）

あなた、秘書って仕事好き？
ウェンディ ええ、好きですわ。奥様は？
ダイアナ ええ、好きよ。

（間）

あなた、前に勤めてらした所の上役って人が……何かしつこくあなたにさわったんですって？
ウェンディ しつこくとかそういうことじゃないんですの。一度さわられただけでもうたくさん。
ダイアナ すると、一度目にさわられた時にお辞めになったの？
ウェンディ いえ、一度目ってわけじゃ。

（間）

ダイアナ あなた、自分でお考えになったことある、男がどうしていつも女にさわるのか？
ウェンディ いえ、考えたことありません。
ダイアナ ほとんどいないわね、それを考えてみる女の人って。
ウェンディ そうなんですか？ 私には分らないな。私、このことでほかの女の人と話してみたことないもんですから。
ダイアナ 私と話してるじゃないの。

ウェンディ ええ。で、奥様はご自分でお考えになったことおあり、そのことを？

ダイアナ いいえ、全然。

（間）

いっしょにお昼食べてね、今日は。あなたのこと、いろいろ聞かせてちょうだい。

ウェンディ 喜んでごいっしょしますわ。

（ディソンが入って来る。二人の女、彼を見る。彼も二人を見る。沈黙）

ディソン 忘れ物だ……設計図を一枚忘れた。

（ダイアナ、彼にほほ笑みかける。ウェンディ、書類をクリップでとめる。ディソン、自分のデスクに行き、書類ばさみを手にすると、棒立ちにたたずむ。ダイアナ、窓外に目をやる。ウェンディ、クリップで書類をとめ続ける。ディソン、二人を見、出て行く。ダイアナとウェンディ、沈黙のまま）

（ディソンの家、遊戯室。ディソンとウィリーがピンポンをやっている。長いラリーの最中。双生児が観戦。ウィリーが攻勢に出ているところ。ディソンは必死の防戦。危いところを何度かやっと切り抜ける。カットし、叩きつけ、プッシュして球を返す）

双生児 （いれかわりたちかわり言う）そうだ、お父さん。ナイスショット、お父さん。うまいぞ、お父さん。

（ウィリー、ディソンがバックハンドを使えぬように追い込む。猛烈なスマッシュ。ディソン、足を踏みすべらす。画面がまっ暗になる）

ディソン あーっ！

ナイスショット！

（ふたたび見えるようになる。ディソンは台を両手でつかみ、台の上にかがみ込んでいる。ウィリー、球を台の上にほうり投げる。球は台の上を軽くはずみながら転がって行く）

（ディソンの家、居間。夜。ディソンの両親がいる）

母 あの鏡、前からあったかしら？

ディソン いや、新しく買ったんです。

母 どうも見なれないと思ったよ。あなた、見てごらんなさい。きれいな鏡。

父 だいぶしたろうな。

母 細工を見てごらんなさい。かなり年代物なんだろうね。

ディソン　数百年前の物です。
父　だいぶしたろうな。
ディソン　安くはなかった。
父　安くない？
母　きれいな鏡。
父　安くない？　おまえ、この子の言ったこと聞いたか？
安くはなかっただとさ！
母　そう、安くはなかっただろうね。
父　（笑いながら）安くないか！

（間）

母　キチンの奥さんがお前によろしくって。
ディソン　誰が？
父　キチンの奥さんだ。あのキチン夫婦だよ。
ディソン　あ、そうか。みんな元気ですか、あそこの家？
父　あい変わらずキチンとしてる。（笑う）そうだな、おまえ？
母　あのご夫婦覚えてるね。
ディソン　覚えてますとも。

（間）

で、お父さんとお母さんはお元気でしたか？
父　お母さんは時々神経痛でね。ごくたまにだが。
母　ほんのたまによ。しょっちゅうじゃない。
父　だからごくたまにと言ったじゃないか。しょっちゅうだなどとは言ってやしない。

（間）

母　坊や達、休みを楽しみにしてるんだろうね。
ディソン　ええ。
父　いつ出かけるんだ、旅行に？
ディソン　出かけません、私は。

（ディソンの部屋）

ディソン　もっときつく。

（ウェンディ、薄絹のスカーフをディソンの目に巻く）

ウェンディ　さ、これで。良く似合うわ。
ディソン　このスカーフはくさい。
ウェンディ　あら、それは申訳なかったわね。何のにおいですかしら？

（間）

社長さんって本当に失礼な人。でも良く似合うわ。本当。

（ディソン、スカーフをむしり取る）

ディソン　無駄だ、こんな物。ディズリーに電話してくれ。すぐ来るようにと。

ウェンディ　でも、どのみち四時にはお見えになるのよ、社長さんのティー・パーティに。

ディソン　今だ！　来て欲しいのは……今なんだ。

ウェンディ　私のスカーフがもういやになったの、せっかくの目隠しが？　私のきれいな薄絹のスカーフが？

（間。
ディソン、じっと坐っている）

そのスカーフ巻くと私いつも社長さんにキスしたくなるの。ご存知？　だって、社長さん、何も見えず五里霧中になってしまうんだから。

（間）

ね、またなさって。

（スカーフを拾い上げ、畳む）

私が結えてあげる……社長さんのために。そっと、優しくね。

（ウェンディ、乗り出す。
ディソン、彼女にさわる）

いや――さわっちゃ駄目、スカーフをしないうちは。

（ウェンディ、スカーフをディソンの目に巻きつける。ディソン、身震いし、片手をスカーフにかけると、ゆっくりと引き下ろし、そのままスカーフを下に落としてしまう。スカーフはふわふわと床に落ちる。ウェンディ、ディソンを見る。ディソン、電話に手を伸ばす）

（ディソンの部屋。
ディソン、前の場面と同じ位置にいる）

ディソン　包帯をきつくして欲しい。うんときつく。

ディズリー　誰にでも出来るじゃないか、そんなこと。

ディソン　いや。君は私の目の主治医だ。君がやってくれなけりゃ。

ディズリー　ま、よかろう。

（かばんから包帯を出し、ディソンの目に巻きつける）

ほんの三十分間だけだぞ。お客さんが来た時いやだろう、こんな物を巻いてるのは？

（ディズリー、包帯の端を結びつけ）

さ、これで何も見えん、五里霧中だ。しかもこめかみが締まって好い気持。望みどおりだろう？

ディソン　ああ、望みどおりだ。

（ディズリー、ほつれた糸を切り取り）

ディズリー　さ、どうだ？

（間）

何か見えるか？


（会社のディソンの部屋。午後。

ディソン、包帯を巻いたまま、一人坐っている。

沈黙。

ウィリーが自分の部屋から入って来る。ディソンを見つけて歩み寄る）

ウィリー　やあ、ご機嫌いかがです？　包帯は曲っちゃいませんか？　結び目は固くなってますかな？

（ディソンの背中を軽く叩くと、正面のドアから出て行く。

ドアがバタンと大きな音を立てて閉まる。

ディソン、じっと坐っている）

（廊下。

ディズリー夫妻がディソンの部屋に近づく）

ロイス　でもあの人なぜカクテル・パーティにしなかったのかしら？　よりによってティー・パーティとはね。

ディズリー　さあ、分らんな。

（会社のディソンの部屋。

ディソンの頭が映る。

ドアが開閉する軽いカチリという音、押し殺された足音、ポツンと聞える咳、茶碗がカチカチとかすかに鳴る音）

（廊下。

ディソンの両親がディソンの部屋に近づく）

母　お茶が欲しいとこだわね、どう、あなたは？

（会社のディソンの部屋。

ディソンの頭が映る。

ドアが開閉する軽いカチリという音、押し殺された足音、ポツンと聞える咳、茶碗がカチカチとかすかに鳴る音）

（廊下。

双生児がやって来る。黙ったまま）

（会社のディソンの部屋。

ディソンの頭が映る。

ドアが開閉する軽いカチリという音、押し殺された足音、

ポツンと聞える咳、茶碗がカチカチとかすかに鳴る音、短いひそひそ声)

(廊下。

ダイアナとウィリーがやって来る)

ダイアナ　ね、私達といっしょにスペインに行かない？
ウィリー　そう、行ってみるか。

(会社のディソンの部屋。

ディソンの頭が映る。

ドアが開閉する軽いカチリという音、押し殺された足音、ポツンと聞える咳、茶碗がカチカチとかすかに鳴る音、ひそひそ声)

(廊下。

ウェンディがやって来る)

(会社のディソンの部屋。

ディソンの頭が映る。

ドアが開閉する軽いカチリという音、押し殺された足音、ポツンと聞える咳、茶碗がカチカチとかすかに鳴る音、ひそひそ声)

(会社のディソンの部屋。

ビュッフェ・テーブルがしつらえられ、二人の年輩の女性が、茶、サンドイッチ、カステラ・ロール、菓子パン、ケーキをサービスする。一同はテーブルの回りに黙って集っている。ディズリーが一同にささやく)

ディズリー　目が少し疲れてる、それだけですよ。ああして目を休ませてるんだ。何も言わんことですな。彼が恥かしがるといけない。何、大丈夫です。

(一同、茶を受け取り、食物を選んでくつろぐ)

ジョン　(ケーキを一つ選び)これ、おいしいよ。
トム　何てケーキ？
ダイアナ　(ロールを一つ選び)おいしそう、これ。
ロイス　すてきね、奥様は。本当にすてきに見えるわ。そうでしょ、あなた？
ディズリー　ああ、実に。
ロイス　お孫さん、いかがです？
父　大きくなりましたな、そう思いませんか？
ロイス　もちろんですわ。私達、お二人がまだこの位の背だった頃のこと、良く覚えてますの、そうね、トム君？
父　私らも覚えてますとも。
トム　ああ、そうだっけ。

ウィリー　二人とも大きな坊やですな。
ジョン　おばあちゃん、ケーキは？
母　もうたくさん、さっき一つ頂いたからね。
ジョン　じゃもう一つ。
父　私が一つもらおうか。
母　おじいちゃんもさっき一つ上がりましたよ。
父　じゃもう一つだ。

（ウェンディ、茶を一杯ディソンの所に持って行き、手に持たしてやる）

ウェンディ　さ、お茶をどうぞ。お飲みになって。まだ冷めてませんから。
ロイス　（ダイアナに）じきにスペインにお出かけになるんですって、奥様？
ダイアナ　ええ、じきに。
ディズリー　（呼びかける）そろそろその包帯をほどこう、なあ、君！
ロイス　今頃のスペインはすてきよ。
ウィリー　いつでも良い所ですよ、スペインは。
ロイス　でも今が一番よ、そうじゃなくって？
ダイアナ　あなた、日焼けローションには何をお使いになって、ロイス？

（カメラはディソンの視点から見る。どのショットにおいても、この視点に立った時はせりふが全然聞えない。
沈黙。
人影が何か陰謀をめぐらしているように、黙って口だけ動かし、ささやき交わしているように見える）

（ディソンをも含めたショット）

トム　昨日ゴールキーパーやったよ、僕。
ウィリー　どうだった？
ロイス　どこでも売ってるのよ。とってもいいわ、あれなら。
ジョン　二度、凄いファインプレーで敵の球を押えたんだ、トムは。
トム　最初のは偶然さ。
ロイス　じゃ奥様は日焼けにはどんなたち？
ダイアナ　慎重に焼かないと駄目なの。
トム　二度目のはまんざらでもなかったな。
ロイス　ウェンディ、あなたはどう、日焼けには？
ウェンディ　そう、わりに強いほうですわ。
ロイス　（ディソンの母に）私達、毎年小さな島に出かけるんですけど、かわいそうに、家のシャム猫は、母の所でお留守番。
母　まあ、本当？
ロイス　シャム猫ってまるで人間みたいだわね？
ダイアナ　そうね、家のシャム猫がそうだったわ。
ロイス　ねえ、あなた、人間みたいだわね？
ダイアナ　ねえ、ウィリー、サンダリーにいたタイガーは、まるで人間みたいだったわね？
ウィリー　そう、あんたに夢中だった。
ディズリー　本当に人間みたいだね、シャム猫ってのは。

（カメラはディソンの視点。

沈黙。

パーティはいくつかのグループに分かれ、それぞれのグループがささやき交わしている。

二人の年輩の女性はビュッフェ・テーブルに。

ディソンの父と母はいっしょに坐っている。

双生児はディズリー夫妻といっしょに。

ウィリー、ウェンディ、ダイアナはいっしょに部屋の一隅に）

（ディソンをも含めたショット。

一同が身体を寄せ合って集っている。父と母は坐ったまま）

ロイス　私だったら飛んで行くわよ。
ウェンディ　え、私が？　スペインに？
ダイアナ　ええ、そうよ。いいじゃない。
（ウィリーがディズリーの肩ごしに身を乗り出し）
ウィリー　そうとも、ぜひ来たまえ、ぜひ。
ウェンディ　まあ、うれしい。

（ディソンの視点。

ウィリーがディソンに近づく。微笑しながらピンポン球を一つポケットから取り出すと、ディソンの手に乗せる。

ディソン、球を握りしめる）

（ディソンの視点。

ウィリー、ウェンディとダイアナの所に戻ると、何かささやく。

ダイアナ、頭をのけぞらせ、息を切らせて大笑いする〔声は聞えない〕。

ウェンディ、にっこりする。

ウィリー、片腕でウェンディを、片腕でダイアナを抱く。

ウェンディとダイアナをウェンディのデスクに連れて行く。

ウィリー、デスクの上にクッションを置く。

ダイアナとウェンディ、無言でくすくす笑いながら、デスクの上に乗り、頭と足を入れ違いに横になる）。

(ディソンの視点。クローズアップ。

ウェンディの顔。ウィリーの指が撫で回す。ダイアナの靴が背景に見える)

(ディソンの視点。クローズアップ。

ダイアナの顔。ウィリーの指が撫で回す。ウェンディの靴が背景に見える)

(ディソンの視点。

ロイスがパフで顔をはたいている)

(ディソンの視点。

二人の年輩の女性、テーブルで茶を飲んでいる)

(ディソンの視点。

ディズリーが窓辺で双生児に話しかけている。双生児は熱心に耳を傾ける)

(ディソンの視点。

ディソンの父と母、坐ったままい眠り)

(ディソンの視点。

ウェンディのデスクの足許。

靴が片方、床に落ちる)

(ディソンをも含めたショット。

ディソン、椅子に坐ったまま、ドスンと音を立てて床に倒れる。茶碗が落ち、茶がこぼれ出す。

ビュッフェ・テーブルの側に集っていた一同が振り向く。

ディズリーとウィリーがディソンに歩み寄る。

二人はディソンを椅子から助け起こそうとするが、出来ない。

ディズリー、包帯を切って外す。

ディソンの目はぽっかりと開いたまま。

ディズリー、脈を計る)

ディズリー　大丈夫だ。助け起こそう。

(ディズリーとウィリー、ディソンを椅子から引き起こそうとするが、出来ない。

ジョンとトムが手伝いに来る)

椅子を起こすんだ。


(四人、大変な努力のあげく、やっと椅子を起こす。

ディソン、坐ったまま)

横に寝かさなければ。よし、二人が椅子を押え、二人が引っぱる。


(ジョンとウィリーが椅子を押える。

ディズリーとトムがディソンを引っぱる)

(椅子。
椅子は床をずるずると引きずられて動き、停まり、それ以上動かない)

(椅子のまわりの一同。
大変な努力で引っぱる)

(椅子。
椅子は床をずるずると引きずられて動き、停まり、それ以上動かない)

(部屋)

ウィリー　まるで鎖で椅子に縛りつけられてるみたいだ!
ディズリー　(引っぱりながら)　さ、出て来ないか!
母　おまえ!

(一同、引っぱるのをやめる。
ディソンはじっと椅子に坐ったまま、目はぽっかりと開けている。
ダイアナ、ディソンの所に来る。
側にひざまずく)

ダイアナ　私……ダイアナよ。

(間)

聞こえる?

(間)

私が見えるのかしら、この人?

(間)

ロバート。

(間)

聞こえる?

(間)

ロバート、私が見える?

(間)

私よ。私よ、あなた。

(わずかな間)

あなたの妻よ。

(ディソンの顔のクローズアップ。
ディソンの目。ぽっかり開いている)

〔*TEA PARTY*〕

ティー・パーティ

私の目は一層悪くなった。

私の主治医は六フィートに一インチ足りない。彼の髪には白いものが一筋——ただ一筋だけ——まじっている。左の頬には茶色のしみが一つある。彼の電気スタンドのかさはどれも濃青色で太鼓のかたちをしている。どれにも金の縁どりがある。どれも同じ大きさだ。彼のインド製の絨毯には黒い焦げ目が深々とついている。彼のスタッフは女を含めて一人残らず眼鏡をかけている。ブラインドを通して庭にいる小鳥の声が聞える。時には彼の妻が白衣を着て現れる。

彼は私の目のことについては明らかに懐疑的である。彼によれば、私の目は正常である——おそらくは普通以上に正常であるというのだ。私の視力が衰えているという証拠は彼には見出せないという。

私の目は一層悪くなった。ものが見えないというのではない。ものは見えるのだ。

仕事はうまく行っている。家族と私は相変らず仲が良い。二人の息子は私のいちばん仲の良い相手だ。妻とはもっと仲が良い。私の母と父を含めて、家族の誰とも私は仲が良い。私たちはよく一緒に坐りこんでバッハを聴く。スコットランドへ行く時には、私は家族を連れて行く。妻の兄が同行したことが一度あるが、彼は旅行中役に立った。

私には色々の趣味がある。その中の一つは、金鎚と釘とかねじまわしとねじとかさまざまの鋸とかを使って木工をやり、何かを組立てたり、何かを役に立つようにしたり——一見何の値打ちもなさそうなものに使いみちを見つけたり——することである。しかし、これはそれほど容易なことではない、ものが二重に見えたり、そのもののせいで目がくらんだり、何も見えなかったり、そのもののせいで目がくらんだりする時には。

私の妻は幸せである。ベッドでは私は想像力を働かせる。私たちは電燈をつけたままで愛し合う。私は彼女を仔細に観察し、彼女も私を観察する。朝になると彼女の目は輝いている。眼鏡の向うで彼女の目が輝いているのが私には分る。

冬中、空は晴れていた。夜には雨が降った。朝になると空は晴れていた。バックハンドではじき返すのが私のいちばん強力な武器だった。愛用の台をはさんで妻の兄と向合い、ラケットを軽く握り、手首を曲げて、私は彼のフォアハンドにゆっくりと打球を返し、彼が（驚いて）突進して来て点を失い、うろたえながらぶつぶつ言うのを見ていた。私のフォアハンドはそれほど強くもそれほど速くもなかった。予想通り、彼は私のフォアハンドを攻めて来た。室内に鋭い音が響き、壁にはゴムを打つ音が響いた。予想通り、彼は私のフォアハンドを攻めて来た。しかしひとたび右端へ移動し、体重を正しくかけるなら、私は打てないような球をバックハンドで返し、彼がうろたえてすべって点を失うのを見ていられるようになるのだ。伯仲したゲームだった。しかし、ピンポン球が二つに見えたり、全然見えなかったり、スピードを出して飛んで来るボールのせいで目が見えなくなったりする今では、勝負は容易でない。

私は秘書には満足している。彼女は仕事のことをよく心得ており、仕事が好きでもある。彼女は信頼できる。彼女は私のためにニューカースルやバーミンガムへ電話をかけるが、先方に居留守を使われるようなことは決してない。電話での彼女は敬意をこめて扱われるのだ。彼女の声にはひとにいうことを聞かせる力がこもっているのだ。共同経営者と私とは、彼女が我々にとってはかり知れぬほど貴重だという点で意見が一致している。共同経営者と妻とは、私たち三人が集ってコーヒーを飲んだり一杯やったりする時には、秘書のことをよく話題にする。二人がウェンディのことを話題にしてどれほどほめても、ほめすぎということは決してない。

晴れた日には——晴れた日はたくさんある——私はオフィスのブラインドをおろして文書を口述する。しばしば私は彼女の豊満な身体にさわる。彼女はページを繰って文を復唱する。彼女はバーミンガムへ電話をかける。たとえ私が、電話中の彼女の（受話器を軽くもち、もう一方の手でメモをとろうとしている）豊満な身体にさわったりしても、電話のやりとりは最後までしかるべく続けられるだろう。この女なのだ、私が彼女の豊満な身体にさわる時に私に目隠しをさせるのは。

少年の頃に私が息子たちのようだったという記憶はまるでない。彼等のおとなしいことは驚くばかりだ。どんな情熱に動かされることもないように見える。彼等は黙って座っている。二人だけで何かぶつぶつ言うこともある。聞えないぞ、何を言ってるんだ、大きな声を出せ、と私は言う。

妻も同じことを言う。聞えない、何を言ってるの、大きな声を出して。二人は同い年だ。学校ではよくやっている、らしい。しかしピンポンは二人とも下手だ。少年の頃の私は、隙がなくて、何にでも激しい興味をもっていて、口数が多くて、敏感で、それに視力は並外れていた。息子たちは私に全く似ていない。彼等の目は眼鏡の向うでぼんやりと落着きがない。

義兄は私たちの結婚式で新郎の付添人をつとめた。私の友人はその時には一人も国内にいなかった。当然この役をつとめる筈だった私のいちばんの親友は、急に仕事で出張することになった。そういうわけで、彼は大いに残念がりながらも役からおりざるをえなくなった。彼は披露宴で述べるつもりで新郎をほめるみごとなスピーチを用意していた。もちろん義兄がこのスピーチをするわけには行かなかった。なぜならそれはアトキンズと私との間の長年の友人関係にふれていたのに、義兄は私をほとんど知らなかったからだ。そこで彼は厄介な問題に直面することとなった。彼は解決策として自分の妹をもっぱら話題にするというやり方を選んだ。私は今でも彼がくれた贈物をもっている。それはバリ島で作られた彫りものの鉛筆削りだ。

私が最初に面接した日、ウェンディはタイトなツイードのスカートをはいていた。彼女は左の太股で右の太股を、そして右の太股で左の太股をたえず撫でていた。一切はスカートの下で行われた。彼女は私には申し分のない秘書のように思われた。私の忠告を、彼女は目を見開き、注意深く聞いた——恰好がよくてふっくらして肉付きがよくて薔薇色で豊満な両手を柔く組合せながら。明らかに彼女は積極的で好奇心豊かな頭脳の持主だった。彼女は三度、眼鏡を絹のハンカチで拭いた。

結婚式がすむと、義兄は私の愛しい妻に眼鏡を外すようにと言った。彼は彼女の目をじっとのぞきこんだ。いい人と結婚したね、と彼は言った。きっと幸福にして貰えるよ。当時彼は何もしていなかったので、私は仕事に参加しないかといって誘った。ほどなく彼は共同経営者になった。彼はそれほど仕事熱心であり、商才に長けていたのだ。

ウェンディの常識と明晰さと分別は、我々の会社にとってはかり知れぬほど貴重である。

鍵穴に目を当てると、彼等のさえずりが、彼等のすすり泣きが聞える。鍵穴は黒く、ただ私の鼓膜に微妙に変化する叫びが届くだけ、彼等の歓喜の声と肌を打つ音が。部屋が私の頭上にのしかかる、私の頭蓋骨は真鍮に押しつけられ、いとわしいとってを私はあえてまわそうとはしない、こわいから——共同経営者の腹や茂みのところで盲目的にのたうちまわっている私の秘書の、黒い叫びや摩擦が見えるのがこわいから。

妻が下の方へ手を伸して私にふれた。私を愛してる、と彼女は訊ねた。愛してるとも、私は彼女の眼球につばを吐きかけた。証拠を見せよう、証拠を見せよう、どんな証拠でも、まだ見せていない証拠を、まだ残ってる証拠を何でも。あらゆる証拠を。(だが私は、もっとずるい、もっと意味ありげな手を使うことにした。)君は私を愛してるかい、というのが私の答だった。

ぬめりで筋がついたピンポン台。球をとろうとして私の両手はあえぐ。息子たちは見ている。彼等は私に声援を送る。あくまでも父の味方であることを大声で示す。私は感動する。私は長い間忘れていた手を使い、カットしたり叩きつけたり勢いよく打返したりして、できるだけ強そうに見せる。私は球を鼻先まで来させておいて勝負する。双生児の息子たちは私の努力に熱烈な拍手を送る。しかし義兄は馬鹿ではない。彼は何度も何度も、私のフォアハンドへ深く打込んで来る。私はすべり、うろたえ、彼のラケットの音がする方を見えぬ目で見つめる。

どこにあるのだ、私の金鎚は、ねじは、鋸は。どうです、と共同経営者は言った。しっかり目隠ししてありますか。堅く縛ってありますか。

ドアがばたんと閉った。私はどこにいたのか。会社か、それとも家か。共同経営者が出て行った時に、誰かが入って来たのか。共同経営者は出て行ったのか。私の耳に聞えたのは沈黙だったのか、このざわめきやきしみや叫びやこする音やこもった音やおさえた音は。茶が注がれていた。肉づきのいい太股が(ウェンディのか? 妻のか? 両方か? 別々にか? 一緒にか?)こわばってふるえた。私はその液体を飲んだ。有難かった。私の主治医が愛想よく話しかけて来た。君、すぐにその目隠しを外してやるよ。ケーキどうだい。私は遠慮した。小鳥たちが水を浴びてるわ、と彼の白衣の妻が言った。一同は急いで見に行った。息子たちは何かを飛ばせた。誰かをだろうか? まさか、そんなことはない。息子たちがこれほど元気でいるのを聞いたことはなかった。彼等はよくしゃべり、くすくす笑い、学校のことを叔父と熱心に話し合った。私の両親は黙っていた。その部屋は非常に小さく——私が記憶しているよりも小さく感じられた。どこに何があるかは、隅々まで分っていた。しかし、部屋のにおいは変ってしまっていた。おそらく人が入りすぎていたせいだろう。妻は結婚して間もなくの頃によくやったように、不意にどうにもならないほど笑い出してあえぎながら妙な声を出した。なぜ彼女は笑っていたのか。誰かが面白い話をしたのか。誰が？　息子たちか？　そうではあるまい。息子たちは学校のことを医者夫妻と話し合っていた。君、すぐにそっちへ行くよ、と医者は私に呼びかけた。一方、共同経営者は手頃な壇の上で二人の女を半ば裸にしていた。どちらの身体の方が豊満か。私は忘れてしまっていた。私はピンポン球をとり上げた。それは堅かった。彼は女たちをどこまで裸にしただろう、と私は考えた。上半身か下半身か。それとも彼は、今や眼鏡をあげて、妻の豊満な尻と秘書の豊満な乳房とを眺めているのではないだろうか。どうしたら確かめられるだろう。動きで、ふれてみることで。しかし、それは問題外だった。それに、こういう光景が一体わが子たちの目前で展開するということがありえようか。息子たちは、今なおやっているように、私の主治医を相手にしゃべったりくすくす笑ったりし続けるだろうか。いくら何でも。だが、しっかり目隠しをし、それを堅く縛ったままでいるのはいい気持だった。

〔*TEA PARTY*〕

ベースメント

＊『ベースメント』はBBCテレヴィジョンにより、一九六七年二月二十日、初放送された。
その時のキャストは次のとおり——
ストット——ハロルド・ピンター
ジェイン——キーカ・マーカム
ロー——デレク・ゴドフリー
（演出　チャールズ・ジャロット）

＊『ベースメント』は『ティー・パーティ』と共に、「ナイツブリッジ演劇プロダクション」の企画により、一九七〇年九月十七日からダッチェス劇場において上演された。
制作エディー・カラカンディス。
配役は次のとおり——
ロー——ドナルド・プレゼンス
ストット——バリー・フォスター
ジェイン——ステファニー・ビーチャム
（演出　ジェイムズ・ハマースティン）

〔登場人物〕

ストット

ジェイン

ロー

(屋外。地下アパートの正面。

冬。夜。

雨が降っている。

通りから低い石段を降りた所が戸口。

アパートのドアから明かりが漏れている。

建物の上のほうは暗い。

男――ストット――の後姿。ストットは中央に立ち、ドアのほうを見ている。

レインコートを着、無帽)

(屋外。地下アパートの正面。

ストットの顔が映る。ストットの背後、壁の陰に若い女――ジェイン――がいる。ジェインは壁の陰に身をすくめて立つ。レインハットをかぶり、レインコートを身にかき寄せている)

(屋内。部屋。

部屋は大きくて奥行きがある。一端にある窓は、狭いコンクリートの中庭にのぞむ。バスルームと台所に通ずるドアが一つずつ。居心地の良さそうな、くつろいだ感じの部屋。

家具調度がどっさり。

サイドテーブル、鉢植え、肘かけ椅子、キャビネット型本箱、本棚、ビロード布の数々、デスク一つ、たくさんの画、大型ダブルベッド一つ。煖炉には燃えさかる火。

部屋は多くのテーブル・スタンドと電燈で照明されている。

ローは煖炉の側の肘かけ椅子に深く寝そべるように坐り、本を読んでいる。

沈黙)

(屋外。アパート正面。

ストット、じっと動かない)

(屋内。部屋。

肘かけ椅子のロー。読みながらにやにやする。ついで、くすくす声を立てて笑う。読んでいる本は、ペルシャ版愛戯の手引、さし絵入り)

(屋外。アパートの正面。

壁の陰に身をすくませるジェイン。

ストット、アパートの戸口へ)

(屋内。部屋。

ドアベルが鳴る。ロー、本から目を上げる。本を閉じ、サイドテーブルに置き、玄関に出て行く)

（屋内。狭い玄関の間。
ロー、ドアに歩み寄る。ドアを開く。
沈黙。
ロー、ストットをじっと見つめる。戸口の彼の位置からは
ジェインは見えない）

ロー　（強い喜びをこめ）ストットじゃないか！
ストット　（ほほ笑みながら）やあ、ティム。
ロー　驚いたな。さ、入れ！

（ロー、笑う）

入れよ！

（ストット、入る）

夢じゃあるまいな！

（屋内。部屋。
ローとストットが入って来る）

ロー　さ、コートをよこせ。ずぶ濡れだぞ。さあ。よし。
全くどぎもを抜かれた。君、寒くてこごえてるだろうな、
さぞかし。
ストット　いささかね。
ロー　さ、暖まれ。火の側で暖まれ。
ストット　どうも。
ロー　火の側に坐るといい。さ、さ。

（ストット、煖炉に歩み寄る。
ローはレインコートを玄関の間に持って行く）

（屋内。玄関の間。
ロー、やって来てレインコートをはたく。裏のラベルを見、
にっこりする。壁にコートをかける）

（屋内。部屋。
ストット、火に手をかざして暖めている。ローが入って来
る）

ロー　変らないな、君は。変ってない……全然！

（ストット、笑う）

だがレインコートは新調だな。ああ、気がついたよ。ち
ょっと待った、タオルを持って来よう。

（ロー、バスルームに行く。
ストット、一人残って、目を上げ部屋の中を見回す）

（屋内。部屋。
部屋の情景）

（屋内。バスルーム。
ローがタオル、シーツ類の戸棚の前にいる。そそくさとたくさんのタオルを押しのけ、柔かい花模様入りのを一枚選ぶ）

（屋内。部屋。
ロー、タオルを持って入って来る）

ロー　さ、タオルだ。良く拭くんだぞ。そう、その調子。君、まさか歩いてここに？　ずぶ濡れじゃないか。車はどうした？　車で来れば良かったのに。なぜ電話をくれない？　いや、それよりどうして僕の住所が分った？　一体何年ぶりかな？　電話くれりゃ迎えに行ったのに。僕の車で。君の車はどうした？

（ストット、髪の毛を拭い終え、タオルを側の椅子の肘かけにかける）

ストット　手放しちまった。
ロー　で、君どうしてる？　元気か？　そう見えるけど。
ストット　君こそどうだ？
ロー　元気さ。ちょっと待て。スリッパを持って来よう。

（ロー、戸棚に行き、かがみ込む）

今夜は泊ってくんだろう？　時間を見てみろ、帰れやしない。はたしてまた君に会えるかどうかと思ってたよ。本当。何年この方ずっと。ほら、スリッパだ。
ストット　どうも。

（ストット、スリッパを受け取り、靴とはきかえる）

ロー　今すぐパジャマを見つけるからね。いや、その前にコーヒーでも……いや、それより酒かな？　酒はどうだ？
ストット　ああ。

（ロー、二人分の酒を注ぎ、ソファの所に持って来て、ストットの横に腰を下ろす）

ロー　君、もうチャッツワース・ロードには住んでないんだろう？　それは分ってたが。何度も通りかかったんでね。君が引っ越したことは分ってた。で、今はどこに？
ストット　今探してるところでな、実は。
ロー　ここにいろよ！　いつまでも好きなだけいてくれ。組立て式のベッドがもう一つある、キャンプ用のが。
ストット　君の迷惑になっちゃすまん。
ロー　全然。迷惑などとんでもない。

（間）

ストット　そうだ、実は外に友達——女の友達が一人いるんだが。呼んでもいいかね？

ロー　友達？

ストット　外にな。

ロー　友達？　外に？

ストット　呼んでもいいかね？

ロー　呼ぶ？　ああ……いいさ……もちろん……

（ストット、戸口のほうに行く）

一体外で何してるんだ、その人？

（屋外。正面ドア。

ジェインはドアの外の狭いポーチに立っている。

ドアが開く）

（屋内。部屋。

ローがいる。ストットがジェインを連れて入って来る）

ストット　こちらがジェイン、こちらがティム・ロー。

ジェイン　お邪魔します。

（ジェイン、ほほ笑む）

ロー　初めまして。僕……そうだ、タオルを取って来て上げよう！

ジェイン　いえ、けっこうですわ。帽子をかぶってましたから、髪は大丈夫。

ロー　でも顔が。

（ストットが進み出る）

ストット　どうもすまん、気を使ってもらって。本当に。ほら、タオル。

（ストット、タオルをジェインに渡す）さあ。

ロー　でもそれは君が使ったタオルだ。

ジェイン　いいのよ。

ロー　タオルならきれいな乾いたのがまだどっさり。

ジェイン　（顔をタオルで軽くはたきながら）きれいですもの、これ。

ロー　でも濡れちまってる。

ジェイン　とても柔かなタオル。

ロー　ほかにもあるんだ。

ジェイン　さ、これでもうさっぱり。

ロー　まさか。

ジェイン　いいお部屋ね。

ストット　全くな。明るすぎるのが玉に傷かな。

ロー　明りが多すぎるかい？

（ストット、スタンドの一つを消す）

ストット　かまわんだろう？

ロー　いいとも。

（ジェイン、服を脱ぎ始める。
その背後で、ストットが部屋の中を歩き回り、明りを次々に消す。
ロー、じっと立っている。
ストット、煖炉際の一つを残し、全部の明りを消してしまう。
ジェイン、全裸でベッドに入る）

ココアでも入れようか？　熱いのを？

（ストット、服を脱ぎ、全裸でベッドに入る）

実は僕もだいぶ淋しくなっちまってね。毎夜毎夜ここに一人で坐ってるのは淋しいものさ。むろん、この部屋は実にいい部屋だが。君といっしょに住んでたあの部屋覚えてるだろう？　チャッツワース・ロードのあのひどい部屋？　あれを思えば僕もだいぶ出世したもんだ。このアパートも即金で買ったよ。僕の物だ。君、ステレオに気がついたか？　見せたい物がだいぶたくさんある。

（ロー、着ているカーディガンのボタンをはずす。
脱いで一つだけ残ったスタンドの上にかけ、明りを殺す。
煖炉の側に腰を下ろす）

（カーディガンでおおったスタンド）

（天井に映る明り）

（ローの足許を照らす明り）

（肘かけに乗せたローの両手。
ジェインのあえぐ声。
ローの両手はじっとしている）

（ローの両足。その向こうに、ほとんど消えかかった煖炉の火）

（ロー、眼鏡をかける）

（ロー、ペルシャの愛戯の手引を手に取る）

（ロー、目を近づけて読み始める。
ジェインの長い溜息。
ロー、読み続ける）

（屋外。崖の上。昼間。夏。
崖の上に立つストットのロングショット）

（屋外。浜。
長い浜、人影はない。水着姿のローとジェイン。ジェイン

は砂の城を作っている。ローはジェインを見守る)

ロー　年はいくつだ、君?
ジェイン　とても若いの。
ロー　確かに若い。

(砂の城作りに精出すジェインを見守り)

まだ子供だ。

(ジェインを見守る)

彼とはずっと前から?
ジェイン　いいえ。
ロー　僕は古なじみだ。いい男だよ。多芸多才の男だ。本当に古いつき合いでね。彼から聞いたか?
ジェイン　いいえ。
ロー　良く知らんのか、彼のことは?
ジェイン　ええ。
ロー　フランスの貴族連中に顔がきいてね、奴は。フランスで教育を受けた。もちろんフランス語はぺらぺら。彼の飜訳を読んだことあるかね?
ジェイン　いいえ。
ロー　そうか。非の打ちどころのない名訳だ。定評がある。大変な学者だよ。オクスフォードでの奴のこと知ってるかい? サンスクリット語の最優等生だ。オクスフォードで、サンスクリット語の!
ジェイン　まあ、すてき。
ロー　知らなかったのか?
ジェイン　全然。
ロー　城館《シャトー》を三つ持ってる、僕の知る限りでは。立派なシャトーを三つもね。それに奴の車――「アルヴィス」に「ファセル・ヴェガ」、乗せてもらったことあるかい? 運転は名人級、非の打ちどころがない。それにヨットを何ばいも――見たことある、奴のヨット? 凄いヨットだぞ、実に凄い。

(ジェイン、砂の城を作り上げる)

嬉しかったぞ、奴に再会出来て。本当に久しぶりだからな。人ってものは……ついつい疎遠になってしまうんでね。

(洞穴の中。昼間。
ストットの身体が砂に寝そべっている。昼寝の最中。
ローとジェインが洞穴の入口に姿を現わす。ストットの身体の所まで来て見下ろす)

ロー　見ろ、この安らかな様子。

(砂に寝そべるストットの身体。
その上に投げかけられる二人の影)

(屋内。部屋。夜。
ロー、クッションに頭を乗せ、毛布をかけて床の上に横になっている。
ローの閉じた目。
沈黙。
ジェインの長いあえぎ声。
ローの目、開く)

(ベッドの中のストットとジェイン。
ストット、寝返りを打って壁のほうを向く。
ジェイン、ベッドの反対側を向く。
ベッドの端から乗り出したジェイン、ローにほほ笑みかける)

(ロー、ジェインを見る)

(ジェイン、ほほ笑む)

(屋内。部屋。昼間。
ストット、壁の画を一枚外し、眺める)

ストット　つまらん。

ロー　そう、そのとおり。僕も全然気に入っちゃいない。

(ストット、部屋を横切って二枚目の画を眺める。振り返ってローを見る)

つまらん。

(ストット、その画を外し、振り向いて他の画を見ようとする)

全部だ。全部。君の言うとおりだよ。ひどい画ばかりだ。外しちまってくれ。

(画は全部似かよった水彩画。
ストット、次々に壁から外し始める)

(屋内。台所。昼間。
ジェイン、鼻歌を歌いながらストーヴに向かって料理の最中)

(屋外。アパート裏の中庭。冬。昼間。
中庭は、窓も何もない高い壁で四方囲まれている。
ストットとローが、パラソル立て用の柱のついた鉄のテーブルに坐っている。
二人、ビールを飲む)

ロー　誰なんだ、彼女は？　一体どこで会った？

ストット　チャーミングな子だろう？

ロー　確かにチャーミングだが、少し若すぎるな。
ストット　あれでかなり名門の令嬢でね。
ロー　本当か？
ストット　相当の名門だ。

（間）

ロー　家のことは実に良く面倒見てくれるがね。
ストット　ハープを弾く。
ロー　うまいか？
ストット　みごとなものだ。
ロー　僕がハープを持ってないのが残念だが。君、ハープなど持ってないだろうな？
ストット　持ってるさ、もちろん。
ロー　最近手に入れたのか？
ストット　いや、昔から。

（間）

ロー　成熟という意味では、ものたりなくないか、あの子？

（屋外。浜。夏。昼間。
ローとジェインが砂の上に寝そべっている。ジェインがローを愛撫）

ジェイン　（ささやく）そう、そうなの、あなたはそうなの、そうなの、そうなの……
ロー　見られちまうぞ。
ジェイン　なぜさからうの？　どうしてさからえるの？
ロー　見つかると言ってるじゃないか！　ばか者！

（屋外。中庭。冬。昼間。
ストットとロー、テーブルでビールを飲んでいる。
ジェインが裏の戸口に姿を現わす）

ジェイン　お昼御飯よ？

（屋内。玄関の間。昼間。
ローとジェインがそれぞれ肩にタオルをかけて入って来る）

（屋内。部屋。昼間。夏。
ローとジェインが肩にタオルをかけたまま、戸口に立ち、部屋の中をしげしげと見る。
部屋は一変し、見分けがつかぬほど。家具調度はすっかり変り、北欧風のテーブルやデスク、スエーデンの大型ガラス鉢、パイプ椅子の数々。インドの絨毯が一枚。寄木細工の床がぴかぴか光っている。新しいハイファイ・コンソール、等々。煖炉はふさがれ、ベッドは前のまま。
ストットが窓辺でカーテンを閉めている所。振り向く）

ストット　どうだ、水泳は面白かったか？

（屋内。部屋。夜。冬。家具調度は前の場面同様、変ったまま。
ストットとジェインはベッドの中で煙草を吸っている。坐っているロー）

ストット　音楽でも聞こう。君のプレイヤーをここ久しく聞いてない。ステレオをかけようじゃないか。曲は何にする？

（屋内。或るバー。夜。
広いバーは空っぽでテーブルには客の姿がない。
ストット、ロー、ジェインの三人だけが、一つのテーブルに坐っている）

ストット　ここは君と僕のかつての溜り場だったっけな、ティム？　かつての溜り場の一つだ。ティムは昔から僕の一番の親友でね。昔からな。すばらしいことだよ。旧友に再会できたってことは――

（ジェインを見て）

しかも新しい友達もできた。おまけに君達二人は大の仲好し。心暖まる思いだ。

ロー　同じのを？（給仕に）同じのを。（ジェインに）同じのを？（給仕に）同じのを。みんな同じのを。きっかり同じのを。
ストット　僕は「カンパリ」に変える。
ロー　（給仕に指を鳴らし）こちらに「カンパリ」一杯。後は全部同じのを。
ストット　夜になるといっしょにプルーストを読んだのを覚えてるか？　え、覚えてるか？
ロー　（ジェインに）原書でね。
ストット　ラフォルグとの論争は？　だいぶ渡りあったな。
ロー　覚えてる。
ストット　大きなにれの木がたくさん繋ってたな。大きなにれの木が。
ロー　それにポプラも。
ストット　それにクリケットとスクォッシュ・テニス。君はスクォッシュの名人だった。
ロー　いや、君にかなう奴はいなかった。
ストット　君のフォームにはみんな一杯食わされた。
ロー　それは今でも変らん。

（ロー、笑う）

全然変らん！

ストット　いや、もうあの手は食わない。

（給仕が酒をとどける。
沈黙。ストット、グラスをかかげる）

そう、僕は正に幸せな人間だよ。

（屋外。野原。夕暮。冬。
ストットとローがいる。百ヤード先にジェインが立つ。
ジェインはスカーフを持つ）

ロー　（どなる）スカーフを高く上げて。落とした時がスタートだ。

（ジェイン、スカーフをかかげる。
ロー、手をこすり合わせる。ストット、ローを見る）

ストット　本当にやる気か？
ロー　もちろん。
ジェイン　位置について！

（ストットとロー、位置につく）

用意！

（二人、用意の姿勢。
ジェイン、スカーフを落とす）

ドン！

（ロー、駈け出す。ストット、じっと動かない。
疾走するロー、振り向いてストットを見、バランスを失ってつまずき、倒れて地面で顎を打つ。
倒れたまま、ストットを振り返る）

ロー　なぜ駈けないんだ？

（屋外。野原。
ジェイン、スカーフを手に立つ。離れてストットが立つ。
ローは草原に倒れたまま。ローの声）

ロー　なぜ駈けないんだ？

（屋内。部屋。夜。冬。家具調度は前に同じく変ったまま）

ストット　音楽でも聞こう。君のプレイヤーをここ久しく聞いてない。

（ストット、カーテン、次いで窓を開けはなつ。
月光。ローとジェイン、椅子に坐って寒さに身をすくませ

る）

（屋外。中庭。昼間。冬。ストットが歩いている。ローはぶ厚いオーバーを着、襟を立ててストットを見守る。ロー、ストットに近づく）

ロー　君、どうしても話がしたい。歯にきぬきせずにな。いいか、このアパートは狭すぎやしないか、僕ら三人にとっては？

ストット　いや、全然。

ロー　聞いてくれ。歩き回るのはよせよ。歩くなったら。頼む。待ってくれ。

（ストット、立ちどまる）

いいか、このアパートじゃ三人暮しには小さすぎるとは思わないか？

ストット　（ローの肩を叩き）いや、全然。

（ストット、また歩き出す）

ロー　（その後を追いかけ）じゃ、少し見方を変えよう。僕にいわせれば、町会が強い苦情をとなえるだろうな——三人の男女がこんな形で生活することには。町会はむしろ最大限の苦情をとなえることを義務とみなすだろう。これはまず確かだ。それに教会も。

（ストット、歩くのをやめ、ローを見る）

ストット　いや、全然。全然。

（屋内。部屋。昼。夏。カーテンが閉まっている。三人はテーブルについて昼食中。ストットとジェインは夏服を着、ジェインはストットの膝の上に坐っている）

ロー　カーテンを開けたらどうかね？

（ストット、ぶどうを食べる）

ムンムンするよ。窓を開けようか？

ストット　何をかける？　ドビュッシーに願いたいな。

（ロー、レコード・キャビネットに行き、夢中になって次から次にレコードを調べては壁に叩きつける）

ストット　どこに行った、ドビュッシーは？

（もう一枚のレコードが壁に叩きつけられる）

ドビュッシーは？　僕らの聞きたいのはドビュッシー、必要なのがドビュッシー。今はドビュッシーが必要なんだ。

（ジェイン、ストットから身を離し、中庭に出て行く。ストット、じっと坐っている）

ロー　あった、あった！

（屋内。部屋。夜。冬。

ロー、レコードを手に振り向く。

部屋は最初と同じ状態に戻っている。

ストットとジェイン、全裸でベッドに入る。

ロー、レコードを下に置くと、着ていたカーディガンを一つだけともされたスタンドの上にかける。

腰を下ろすと火かき棒を取り、消えかかった火をつつく）

（屋外。中庭。昼間。夏。

ジェインが鉄のテーブルに坐っている。

ストットが酒瓶とグラスを一つずつ持って彼女に近づく。

グラスにワインを注ぐ。

ジェインの上にかがみ込み、胸にさわろうとする。

ジェイン、身をふり離す。

ストット、じっとしている）

（ローが開けはなたれた窓からこれを見ている。

レコードを手にするとテーブルに歩み寄り、ストットにほほ笑みかける）

ロー　レコード見つけたよ。君の聞きたがってた曲だ。

（ストット、グラスをテーブルの上に叩きつけるように置き、部屋に入る。

ロー、テーブルの前に坐り、瓶からラッパ飲みにすると、ジェインを見つめる。

ジェイン、自分の頭の巻毛の一つをもてあそぶ）

（海辺の洞穴の中。夕暮。夏。

ローとジェイン。ローは寝そべり、ジェインはその側に坐っている。

ジェイン、かがみ込んでローにささやきかける）

ジェイン　ね、あの人に出て行くように言ったら？　あんなにすてきな愛の巣だったのに。小ぢんまりと暖い、私達だけの。出て行くように言って。あなたの家じゃないの。そうすれば私達、また幸せになれる。昔みたいに。昔みたいにね。二人の愛が始まったあの頃と同じに。私達、また幸せになれる、昔みたいに。幸せになれる。昔みたいに。

（屋外。中庭。夜。冬。

中庭はひどく冷い感じ。窓は開けはなたれ、部屋の明りはともっている。窓辺でローがストットにひそひそ話しかける。背後ではジェインが縫物をする姿。部屋の家具調度は一度変った時のそれ）

（屋外。中庭。窓。
ローとストットが開けはなたれた窓辺に。ストットは背を丸くし、うずくまっている）

ロー　（ささやき声でじっくりと）あの子は君を裏切ってる。裏切ってるんだぞ。貞節心なんてものはありゃしないんだ。君があれだけ世話してやったのに。世間を見させてやったのに。信頼ということを教えてやったのに。君の錯覚だったんだよ。あの子は野蛮人だ。毒蛇だ。この部屋を冒瀆し、汚してる。この美しい家具を。美しい北欧風の家具を。あの子は汚してる。この部屋を冒瀆してる。

（ストット、ゆっくりと振り向き、ジェインを見る）

（屋内。部屋。昼間。家具調度は一度変った時のそれ。カーテンは閉めてある。
ストットはベッドに横たわり、ジェインがその上にかがみ込んで、額にさわっている。
ジェイン、ベッドごしにローを見る。

沈黙）

ロー　息はあるのか？
ジェイン　ほんのかすか。
ロー　このまま息を引き取ると思うかね？

（間）

このまま死ぬと思うか？
ジェイン　かも知れないわ。
ロー　どうしてこんなことになったのかな？　こいつは元気そのもの、ぴんぴんしてたんだが。医者を呼ぶべきだったかも知れんな。ついに瀕死の重態か。君もさぞかし気落ちしてるだろうね？
ジェイン　ええ。
ロー　僕もだ。

（間）

ジェイン　死骸、どうするつもり？
ロー　死骸？　まだ死んでないんだぞ、この男は。治るかも知れないじゃないか。

（二人、たがいにじっと見つめ合う）

（屋内。部屋。夜。
ローとジェインが部屋の隅で、獣のように鼻をすり合わせていちゃつく）

（屋内。部屋。夜。
ストットが窓辺に。カーテンを開ける。月光が突き刺すよ

うに部屋に流れ込む。ストット、あたりを見回す）

（屋内。部屋。夜。
部屋の隅にいるローとジェインが、窓を見上げ、目をパチパチさせる）

（屋内。部屋。昼間。
ストットが窓辺でカーテンを閉める。部屋の中を振り返る。部屋は一変し、見分けがつかぬほど。壁にはつづれ織の壁掛けの数々、フィレンツェの卵型の鏡と細長いイタリアの名画がそれぞれ一つ。床は大理石のタイル張り。何本かの大理石の円柱があり、そのあちこちに鉢植えの植物が吊るされ、彫刻のある金色の椅子がいくつか、部屋の中央には一枚の豪華な絨毯。
ストットが椅子に坐っている。ジェインが鉢に盛った果物を持って進み出る。ストットはぶどうを一房選ぶ。後のほう、部屋の一隅で、ローがフルートを吹いている。ストットはぶどうの房をがぶりとかじると、果物鉢を部屋の向こうまで投げ飛ばす。果物があちこちに飛び散る。ジェインが飛び出し、果物を拾い集める。
ストット、大きなビー玉がたくさん載った盆を手に取る。
ストット、盆をゆさぶる。ビー玉はかちかちとぶつかり合う。
ストット、ビー玉を一箇選び出す。部屋の向こうでフルートを吹いているローを見る）

（フルートを持つロー。
部屋の向こう側では、ストットがクリケットの投球のかまえ）

ストット　打ってみろ！

（ストット、ビー玉を投げる）

（ビー玉はローの背後の壁にぶつかる）

（ロー、立ち上がりフルートで打つかまえ）

ストット　打ってみろ！

（ビー玉を投げる）

（ビー玉、ローの背後の窓にぶつかる）

（ロー、打つかまえ）

ストット　打ってみろ！

（ストット、投げる。ビー玉はローの膝に命中）

（ロー、片足でぴょんぴょん飛び回る）

（ロー、打つかまえ）

ストット　打ってみろ！

（投げる）

（ロー、巧みに玉をカットして打ち、玉は金色縁の水槽に命中。中からたくさんの魚がこぼれ出、大理石タイルの床を泳ぎ回る）

（部屋の一隅でジェインが拍手）

（ロー、フリュートを振ってこれに答える）

ストット　打ってみろ！

（投げる）

（ビー玉はローの額に命中。ロー、ばったり倒れる）

（屋内。台所。夜。
ジェインが二杯のカップにインスタント・コーヒーをスプーンで注いでいる）

（屋内。部屋。夜。
部屋の中には何もない。
むき出しの壁、床板。家具調度はいっさいなく、電球が一箇天井からぶら下がっている。
ストットとローがそれぞれ部屋の反対側に。
二人、向き合って立つ。ともに素足。ともに手には割った牛乳瓶。身をかがめてかまえ、じっと動かない）

（ローの顔。汗びっしょり）

（ストットの顔。汗びっしょり）

（ストットの目に映るロー）

（ローの目に映るストット）

（ジェイン、袋から砂糖を砂糖入れのボールに移す）

（ロー、腕を突っぱらせ、牛乳瓶を突き出してかまえる）

（ストット、腕を突っぱらせ、牛乳瓶を突き出してかまえる）

（ジェイン、瓶に入ったミルクを壷に移す）

（ストット、むき出しの床板の上をゆっくり前進）

(ロー、ゆっくり前進)

(ジェイン、ミルクを少しずつ二つのカップに注ぐ)

(ローとストット、じりじりと近づく)

(ジェイン、二つのカップに砂糖を入れる)

(震える手に握られた二本の牛乳瓶が、すれすれに近づく)

(二本の割れた牛乳瓶のフェンシング、だがたがいにふれ合うことはない)

(ジェイン、二つのカップのコーヒー、ミルク、砂糖をかき回す)

(ふいの一撃、割れた牛乳瓶がぶつかり合う)

(ターンテーブルの上で回るレコード。突然音楽が聞える。ドビュッシーの「あま色の髪の乙女」)


(屋外。アパートの正面。夜。

ローが中央に立ち、地下アパートの戸口を見ている。

ジェインが壁のかげに身をかがめている。レインハットにレインコートの姿。ローはストットのレインコートを着ている)

(屋内。部屋。

家具調度は一番最初のそれ。

ストットが煖炉の側に坐り、本を読みながらにやにやしている)

(屋外。アパート正面。

ロー、じっと動かない)

(屋内。部屋。

ストット、ページをくる。

ドアベルの音。

ストット、本から目を上げ、本を置くと立ち上がって玄関に出て行く)

(屋内。部屋。

部屋は静まりかえり、煖炉の火が燃えている)

(屋内。玄関の間。

ストット、ドアに歩み寄る。ドアを開く。

沈黙。

ストット、ローをじっと見つめる。戸口の彼の位置からはジェインは見えない)

ストット (強い喜びをこめ) ローじゃないか!

ロー (ほほ笑みながら) やあ、チャールズ。

ストット 驚いたな。さ、入れ!

（ストット、笑う）

入れよ！

（ロー、入る）

夢じゃあるまいな！

〔THE BASEMENT〕

クルス

I

私は彼を裏口から入れた。

鋭く光る月が出ていた。

——入れよ。

彼は足を踏入れ、両手を打ちながら、部屋へ入って来た。

——さあクルス。火にあたれよ。

彼は煖炉の方へ身をかがめ、指を伸ばした。

——君は暖さを喜ばない、
とクルスは言った。

——僕が？

——結びついていない。別々になってる。

——僕には好みはない。

——君には好みがある、
とクルスは答えた。

君の好みは寒さだ。しかし君は寒さを閉出し、暖さを認めない。これはどう見ても火とは呼べない。これはこの部屋の光と影の一つのあらわれにすぎない。これは本来のつとめを果してはいない。大きくなるために必要な注意と識別を与えられないせいで、これは動き出さない。君は両方の要素を避けて生きているのだ。

——坐れよクルス。掛けろよ。

——僕はひとりじゃないんだ。

——ほう？

——呼ぶことになってる、君が許してくれるなら。

私はストゥールに腰かけた。

——呼べよ。

ドアのところで、クルスは呼んだ。間もなくショールをまとった娘が部屋へ入って来た。私はうなずいた。彼女もうなずいた。彼女は煖炉のところで身をかがめ、そのままじっとし、立上り、クルスを見た。

——さあ、とクルスは言った。

彼女は彼の傍へ行った。二人は私のベッドに入った。私は電燈に上着をかぶせ、天井が床に迫るのを見ていた。それから部屋は煖炉の焔の方へ動いた。私はストゥールを動かし、煖炉の焔の傍に坐った。

II

クルスは部屋を自分のものにした。窓は、暖ければ閉じられ、寒ければ開かれた。カーテンは、夜には開かれ、昼には閉じられた。なぜ閉じる？　なぜ開く？
——僕には僕の夜がある、
とクルスは言った。
　僕には僕の昼がある。
——あなたここから遠いところに住んでるの？
と娘は訊ねた。
するとクルスはカーテンを開いた。なぜならカーテンは、
　寒ければ開かれ、暖ければ閉じられたからだ。
私は煖炉の方へ指を伸ばした。
なぜ開く？　なぜ閉じる？
——僕は寒さを知ってる、
とクルスは言った。
　僕は寒さの隣人を知ってる。坐れよ。君は一人
　ぼっちだ。
そこで私は、彼がすすめたストゥールに腰をおろした。
——ここには火がない、
と私は言った。
クルスは歩み去った。
私は娘を見た。彼女は私だけに話しかけた。
——なぜここへ移って来ないの？
と彼女は訊ねた。
——いいのかい？
——ここへ移って来られる？
と娘は言った。
——でも一体どうしたら？
——カーテンを閉じるわ、
と娘は言った。
——でも今は夜だよ。
——私ひとりでは閉じられないの。
——今はクルスの夜だ。
——どれがあなたの部屋？
と娘は言った。

Ⅲ

カーテンは閉じられた。私は火から遠く離れてうずくま
　った。
——クルスはどうしたんだ？
と私は訊ねた。
　あいつは変った。
彼女の部屋で私は火から遠く離れてうずくまった。
——クルスはどうしたんだ？
彼女はやはり煖炉の傍にいた。
——あなたここへ移って来たんじゃないわ、
と彼女は言った。
——そう。

——どちらがあなたの部屋？
と彼女は言った。
——僕はもう僕の部屋にはいない。
寒さが隅へ移った。
——なぜショールをかけてるの？
と娘は訊ね、カーテンを開いた。
鋭く光る月と寒さが隅へ移った。
——あなたどうしたの？
と娘は言った。
あなた変ったわ。
天井が床に迫った。
——君は電燈をおおってる上着をそのままにしてる、
と私は言った。

〔KULLUS〕

試験

私たちが始めた時、私は彼のために休憩時間をとることを認めた。彼は休憩をとりたいという気持もとりたくないという気持も表しはしなかった。そこで私は休憩の配分と長さを自分の判断で決めることにした。それらは一定ではなく、我々のやりとりの進行と呼ぶべきものに応じて変化した。一つの応答を始める前に、私は手にしたチョークで黒板に予定時間を記し、彼がそれを点検して、もしもその気になるならそれについて意見を述べられるようにした。しかし彼は異議を唱えることはなく、応答の間に進行を中断したいという気持を表すこともなかった。しかし、我々の両方にとって有益であろうと思われたので、私は彼のために休憩をとったのだ。

休憩そのものは、どういう切れ目、どういう決定的段階において現れたにせよ、その前にどういう停滞状態があったにせよ、実際には当然沈黙のうちに過ぎた。休憩の前にも後にも同じ沈黙が来ることは稀ではなかったが、そうなることによって休憩の本来の目的がそこなわれるというのではなかった。しばしば、彼の気分のあり方からして固執や説得によってはほとんど何の結果もえられないと思われることがあった。クルスが沈黙したそうな時には私は必ず彼の意向に従った。そしてこんな場合には自分のかけひきの才を誇りに思った。しかし、私はこういう沈黙を休憩とは見なさなかった。というのは、それは休憩ではなかったし、クルスもそれを休憩とは見なしていなかったと思うからだ。なぜなら、かりにクルスが沈黙しても、彼は我々の試験に参加することをやめはしなかったからだ。休憩と休憩の間に彼が言葉と沈黙によって積極的に参加していることを疑う理由は、ついぞなかった。そして彼の熱意と感じられたものは、私にはやむをえぬ結果と思われはしたものの、同時に疑いのないほんものとも見えたのである。そういうわけで、我々の試験という枠組の中での我々の沈黙の性質と、我々の試験という枠組の外部における我々の沈黙の性質とは、まるで逆だったのである。

私が休憩を宣言すると、クルスは変った——と言うより、変化を思わせる振舞いをした。こういう時の彼の振舞いは、首尾一貫してはいなかったし、憤激とか敵意とかいった動機から発したものでもなかったと私は信じている。もっともクルスは私が彼をじっと観察していることに気づいていたのではないかと思う。別に私はそうでないふりをしたりはしなかった。我々の試験の枠組の中であれ外であれ、彼の態度に表面的な変化が現れたらそれに気づき、できればそれを指摘する義務が私にはあった。そしてこの点で私は誤っていたと言えるかも知れない。というのは、次第にこういう休憩は彼の条件に従って進行するように見えて来たからだ。そして最初は休憩の配分と長さは私の領分であり、私が決めることであったのに、今やそれは彼の指示に従って進行し、彼の決めることになっていた。

なぜなら、彼は沈黙から沈黙へという道を辿り、私も同じ道をついて行くほかなかったからだ。クルスが沈黙を許された時に彼が守る沈黙には数多くの特徴があり、それらに私は当然気づいていた。しかし私は彼のとる道をいつも辿れるとは限らず、それが辿れない時の私はもはや彼に対して優位に立ってはいなかった。

クルスが窓を好んだのは芝居ではなかった。休憩になる度に、クルスは窓のところへ退き、さながら源から出発するかのように、窓という有利な場所から次の応答を始めた。休憩が宣せられてまず窓に近づく時には、昼であれ夜であれ彼はその先のことには注意を払わなかった。そして、自動的に窓の方へ歩いて行くこととその先のことに興味を示さないことにおいてだけ、彼は首尾一貫していた。

クルスが窓を好んだことは、以前のあり方を外れてもいなかった。私自身、それまでに彼のこういう偏執に悩まされたことがあった。それは彼の部屋の秩序が昼と夜との違いに応じて——そして、私の趣味や快適さはほとんど無視して——窓やカーテンを決ったあり方に保つという方法によって維持されていた時のことである。しかし今や彼はこういう秩序を維持してはおらず、窓やカーテンの開閉を決めもしなかった。なぜなら我々はもはやクルスの部屋にはいなかったからだ。

そして窓はいつも開かれており、カーテンはいつも開かれていた。

クルスがこういう一定のやり方に関心を示したというのではない。休憩の時には気がついたかも知れないのに、やはり関心を示しはしなかった。しかし、私がじっと観察していることに気づいていたのではないかと思われるのと同様に、私のやり方にも彼は気づいていたのではないかと思われる。彼の沈黙の密度に応じて、私は疑いを抱き結論を下すことができたが、彼の沈黙があまりに深くてこだまが戻って来ないような時には、疑いを抱くことも結論を下すこともできなかった。そういうわけで、こういう状態になった時には私は次第に私がとりうる唯一の道を選ぶようになった。すなわち私は、もはや彼について行けず、彼より優位に立つことができなくなると、勝手に休憩を打切り、予定していた長さを縮めるようになったのだ。

しかしこれはもっと後のことだった。

ドアが開いた時。クルスがただ一人で入って来て、空白の時間が終った時。私は窓から盛んに入りこむ光に背を向け、彼に対してしかるべき敬意と歓迎の気持を表しようとした。すると彼は何の遠慮もためらいも見せず、さながら避難所から出るようにドアから離れ、窓からの光を浴びて立った。そこで私は、彼の避難所であった入口がからになったのを見つめた。そして自分が歓迎した男を観察した。彼はもう私の領分に足を踏入れていたからだ。

　同様に今私は、それぞれの場所におさまっているいくつかのものを観察した――黒板、窓、ストゥール。そしてドアは既に閉っていたから、もはやそこにはなく、問題にはならなかった。まさに開こうとし、入って来る者を歓迎しようとしている時には、それは意味をもっていた。だが今やただ一つの区域だけが活動を見守り、事件の進行を経験することとなった。そしてそれだけが必要で確実な場所だった。なぜならドアは閉され、従って存在してはいなかったからだ。

　私はそこでクルスにストゥールをすすめ、それを彼のために据えてやった。こういう早い段階では、彼は私の指示を無視するような態度は示さなかった。服従するというほどではないまでも、彼は自発的に協力する様子を見せたのだ。私にとってはこれだけで十分だった。彼の中にともに力を合せようという気持が認められたことは、我々の試験の進行にとって幸先がよかった。我々の間に従属的関係が存在しているように見えることは避けたいと私は考えていた。これはこの種の試験においては一般的な考え方であろう。しかし、私はこの部屋の持主であり、彼は私が今しがた閉じたドアから入って来た者であるという意味で、当然私は優位に立っていた。持主の使ったあとや並べ方をあらわにしている、私の住みかのさまざまのものを前にすると、訪問者の側ではそれを認識するほかなかった。そして認識から承認へ、承認から評価へ、評価から屈従へと至るのだった。少くとも、私はこういう心の動きが生ずるものと信じており、最初はそれが実際に生じもしたと思いこんだ。だが、彼の態度が時々無関心に近づくように見えたことは言っておかねばならない。しかし私はそれによってだまされることも、気を悪くすることもなかった。それを私は彼が利用せざるをえない――また、利用しても当然な――手段と見なし、更には自らの機敏さと辛抱強さを証明するものとも理解した。そしてかりに私がその時それを戦術的手段と見なしたとしても、そのために動揺を来すことはほとんどなかった。なぜならその時には自分の方が有利なように思われたからだ。クルスはこの試験に出席せざるをえなかったのではないか。そして、彼が出席したことはそれがやむをえなかったことを認めた証拠ではないか。そして、彼がこれを認めたことは私の立場を承認したことになるのではないか。従って、私の立場は優位にあるのではないか。

私はこれがその通りであると計算した。そして、初期に起ったことによっては、私はこの計算をやり直そうなどという気にはまるでならなかった。それどころか、私は我々の応答の結果に十分な確信をもっていたので、彼のために休憩をとることにしたほどなのだ。

こういう時間を認めることは、親切でもあり得策でもあるように思われた。なぜなら私は、彼が何の負担も感じずにすむ時間をうまく利用して、それに続く次第に負担の増大する時間にそなえてほしいと思ったからである。そして、しばらくの間は、私はこういう配慮が賢明であったことを疑わなかった。その上、休憩の間にクルスが動きまわる部屋のあり方は、私にとっては馴染みがあってくつろげるものであるのに、クルスにとってはそうでなかった。なぜなら、クルスはそれを以前には知っていたが、もはや知ってはおらず、ここでは他人として位置を占め、休憩が宣せられるたびに、この部屋の領域の内部でどうしようもなく迷ってしまったりしないように、特定のやり方を守って歩くほかなかったからだ。しかし、次第に明らかになって来たのは、自動的に窓の方へ歩いて行くこととその先のことに興味を示さないことにおいてだけ、彼は首尾一貫しているという事実だった。

彼の到着に先だって、私は、彼にとって馴染みのあることが分っており、従って彼をくつろがせるかも知れないある一つのものを、この部屋に設置しないようにはからっていた。そして、彼は煖炉に火が燃えていないことにただの一度も言及しなかった。彼は火の欠如に気づいていないのだという結論を私は下した。これと釣合いをとるために、私はストゥールの存在を強調し、それを彼にすすめることまでやったが、彼がストゥールの存在にただの一度も言及しなかったもので、それは彼の関心の範囲内にはないのだという結論を私は下した。もっとも、特にどういう事柄に彼の関心が向っているかを判定するのは、いつの場合にも簡単ではなかった。しかし、私がおそらくは他の場合よりも距離をおいて彼を観察できそうな休憩時間には、私はそれを判定しようと思った。

だが遂に、彼の首尾一貫ぶりが私を不安に陥れ、彼の沈黙が私を当惑させるようになった。

こういう場合に、クルスは自らが観察の対象にされていることに気づき、それに抵抗し、対抗しようという気になったのだとしか考えられない。彼は対抗策として、自らの沈黙の密度を深め、私が到底ついて行けないような道を選ぶというやり方をとった。その結果、私は孤立して彼の沈黙の外側におかれ、とるに足りぬ影響しか及ぼしえぬ存在となった。そこで私は私がとりうる唯一の道を選ぶようになった。すなわち私は、もはや彼について行けず、彼より優位に立つことができなくなると、勝手に休憩を打切り、予定していた長さを縮めるようになったのだ。
なぜなら、最初は休憩は私が決めることであったのに、今やそれは彼が決めることになっていたからだ。

クルスはこういうやり方に異議を唱えはしなかった。但し彼は私の不安に気づいていたに違いない。なぜなら私が不安がるには十分な理由があった——今や微妙に変化し始めたらしい我々の応答の進行が、私には気になったからだ。クルスが我々の試験に参加しているのかどうか、彼が今なおそれを我々が逢った目的と考えているのかどうかは、もはや私には分らなかった。同様に、かつては互いに正反対であることによって明瞭に区別された我々の二種類の沈黙——つまり、我々の試験という枠組の内部にある沈黙と、我々の試験という枠組の外部にある沈黙——の性質も、もはや正反対ではないように思われ、それどころか、区別できないもの、クルスが支配する一つの沈黙となってしまっていた。

こういうわけで、やがてクルスは自らの好みのままに休憩を始め、思いのままに自らの道を辿るようになった。そして私は彼の振舞いにある首尾一貫性を認めることができるようになった。なぜなら今や私は彼の辿る道に容易に従うことができたし、休憩ないし試験のために一定の時間があてられるのではなくて、ただ一続きの時間があってそれに私が参加するという風になっていたからだ。私の熱意は疑いのないほんものだった。私は自発的に協力する様子を見せ、進め方に何の異議も唱えなかった。なぜなら私はともに力を合せようという気持をもっていたからだ。そしてクルスが煖炉に火が燃えていないことに言及した時、私はそのことを認めるほかなかった。そして彼がストゥールの存在に言及した時、私は同様の態度をとるほかなかった。そして彼が黒板を動かした時、私は何の批判も加えなかった。そして彼がカーテンを閉めた時、私は反対しなかった。なぜなら我々は今やクルスの部屋にいたからだ。

〔*THE EXAMINATION*〕

風景

＊『風景』の初演は一九六八年四月二十五日に、
ＢＢＣによりラジオドラマとして行われた。
配役は次のとおり――
ベス――ペギー・アシュクロフト
ダフ――エリック・ポーター
（演出　ガイ・ヴェイゼン）

＊この戯曲の舞台での初演は、一九六九年七月二日に、
オールドウィッチ劇場において、
ロイアル・シェイクスピア劇団によって行われた。
配役は次のとおり――
ベス――ペギー・アシュクロフト
ダフ――デイヴィド・ウォラー
（演出　ピーター・ホール）

〔登場人物〕

ダフ　五十代前半の男

ベス　四十代後半の女

(田舎の邸宅《カントリー・ハウス》の台所。
長い台所用のテーブル。
ベスはテーブルの上手側に、テーブルから離れておかれている肱掛椅子にかけている。
ダフはテーブルの下手角におかれている椅子にかけている。
流し、こんろなど、それに窓一つからなる背景ははっきりとは見えない。
夕方)

(注意——
ダフはベスに普通に話しかけるが、彼女の声が聞えている様子はない。
ベスは決してダフを見ず、彼の声が聞えている様子もない。
二人とも寛いでおり、いかなるこわばりも感じられない)

ベス　海のそばに立ってみたいわ。あそこにあるの。

(間)

これまでにもやった。何度も。好きだったわ、あれが。やったことがある。

(間)

海岸に立つんだわ。海岸に。そう……とても気持がよかった。でも暑かった、砂丘の中は。でもとても気持がよかった、岸辺では。ほんとに好きだったわ。

(間)

大勢の人……

(間)

みんながくつろいで動きまわる。男たちが。男たちが動きまわる。

(間)

私、砂丘から海岸へ歩いて行った。あの人は砂丘の中で眠ってた。私が立上ったら寝返りを打ったわ。あの人のまぶた。おへそ。気持よさそうに眠ってて。

(間)

赤ちゃんがほしい？　って私言った。子供よ。赤ちゃん。私たちの、ね？　いいでしょうね。

（間）

女の人たちが振向いて、私を見る。

（間）

私たちの子供よ。あなた、ほしい？

（間）

女が二人私を見たわ、振向いて見つめた。そうじゃない。私が歩いてて、あの人たちはじっとしてた。私が振向いたんだ。

（間）

なぜ見るのよ？

（間）

そうは言わなかった、見つめてやったんだ。それから、私はあの人たちを見てた。

（間）

私は綺麗よ。

（間）

砂の上を歩いて戻った。あの人、また寝返りを打ってた。足の指に砂をかぶって、頭を両腕に埋めて。

ダフ　犬がいなくなったよ。話さなかったけど。

（間）

昨日二十分ばかり木蔭に入らなきゃいけなくてね。雨のせいで。話そうと思ってたんだ。若いのが何人かいた。知らない連中だった。

（間）

そのうちにおさまったよ。どしゃ降りだったね。池まで行ってたんだ。すると大粒のやつが二つ三つ顔に当ってね。運よく木蔭からほんの五、六ヤードのところだった。そこで木蔭に腰を下した。話そうと思ってたんだ。

（間）

覚えてるかい、昨日の天気を？　例のどしゃ降りを？

ベス　あの人、私の影に気づいた。あの人の上に立ってる私を見上げた。

ダフ　パンを少々もって行けばよかったな。鳥に食わせてやれたんだ。

ベス　砂があの人の両腕にかぶさって。

ダフ　鳥のやつ、あたり一面にぴょんぴょんとんでた。大変な騒ぎさ。

ベス　私、あの人のそばに横になった、でもあの人にはさわらなかった。

ダフ　木蔭には他に誰もいなかったよ。男が一人とそれに女が木の下にいた、池の向う側の。おれ、濡れるのはいやだからね。そのままそこにいたよ。

（間）

そう、忘れてたことがある。犬が一緒だったのさ。

（間）

ベス　あの女の人たち、私を知ってたのかしら？　顔には見覚えはなかった。それまでに顔を見たことなかったわ。それまでにあの人たちを見たことなかったわ。確かに。なぜ私を見てたのかしら？　私どこにも変なとこなんてない。私の様子、どこも変じゃない。皆と同じだわ、私。

ダフ　犬のやつ、おれが鳥に餌をやっても怒りはしなかったろうがね。どっちにしろ、木蔭に入るとたちまちやつは眠りこみやがったのさ。しかし、たとえ目をさましてたとしても……

（間）

ベス　みんな私の腕をそっと支えてくれたわ、私が車からおりたり、ドアから出たり、階段をおりたりすると。みんな、必ず。私のえりあしや手にさわる時は、ほんとにそっとやった。みんな、必ず。たった一人のほかは。

ダフ　それがね、そこいらじゅう糞だらけだったのさ、道はずうっとね、池のそばの。犬の糞、家鴨の糞……ありとあらゆる糞が……道じゅうにね。雨が降ってもきれいにはならない。一層始末におえなくなった位だ。

（間）

家鴨はみんなずっと遠方にいた、島にあがってね。でも、やつらに餌をやる気はなかったよ、どっちにしろ。おれは雀に餌をやりたかったな。

（沈黙）

ベス　私、今だって立てるわ。今だって同じようにやれるわ。着るものは違うけど、私は綺麗よ。

ダフ　お前、一度おれと一緒に池まで散歩しなきゃいけないよ、パンをもってさ。どこからも邪魔は入らないんだ。

（間）

時々、一人か二人、知合いに出くわすことがある。お前が覚えてる人かも知れないな。

（間）

ベス　私が花に水をやると、あの人見ながら立ってた、それから見てた、私が花を活けるのを。私の真面目さ、ってあの人言った。私とても真面目だった、花の世話をする時は、これから花に水をやってそれから活けるわって私言った。あの人私について来て、少し離れて立って見てたんだわ。花を活け終って、私そのままじっとしてた。あの人が動くのが聞えた。私にさわりはしなかったわ。私、耳をすましてた。青と白の花を見てたんだ、鉢の中の。

（間）

するとあの人が私にさわった。

（間）

私のえりあしにさわった。あの人の指が、そっと、さわった、そっと、さわった、私の、えりあしに。

ダフ　妙なことにね、雨がやんでふと見ると、池の向う側の木蔭にいた男と女は消えてたのさ。公園には人っ子ひとりいなかった。

ベス　私は白いビーチローブを着てた。その下は裸だった。

（間）

海岸には人っ子ひとりいなかった。うんと遠くに男の人が一人腰を下してた、防波堤の上に。でも、その人まるで豆粒みたいだったわ、日光を浴びて。それに、どっちにしろその人の姿は立上らなきゃ見えなかった、それから、岸辺から砂丘へ戻って来る時にしか。横になったらもうその人の姿は見えなかった、だからあの人にも私の姿は見えなかった筈だわ。

（間）

そうじゃなかったのかも知れない。海辺には誰もいなかったのかも知れない。きっと誰もいなかったんだ。

（間）

その人には私の……いい人は見えなかったわ……どっちにしろ。あの人、一度も立上らなかったもの。

（間）

気持よさそうに眠って、と私言った。でも私馬鹿じゃなかった、あの時には。私静かに横になってたんだ、あの人のそばで。

（沈黙）

ダフ　とにかくだな……

ベス　私の肌……

ダフ　近頃おれはよく眠れるんだ。

ベス　ひりひりしてた。

ダフ　夜通しぐっすり、毎晩のことだ。

ベス　海に入った後だった。

ダフ　多分釣りをやってるせいじゃないかな。魚のことが段々分って来たよ。

ベス　海の中でひとりぼっちで肌をひりひりさせて。

ダフ　魚ってのは内気な生きものでね。こちらからじんわりその気にさせてやらなくちゃいけない。魚相手にカッカしちゃいけないんだよ。うろたえても。ほんとだよ。

ベス　たしか近くにホテルがある筈だった、お茶を一杯飲めるような。

（沈黙）

ダフ　とにかくだな……今度はこっちにつきがまわって来たのさ。公園を出た頃にはもうパブが開いてたんだ。

（間）

そこでちょっとのぞいて一杯やろうって気になってね。この話、しようと思ってたんだよ。その店でいかれた野郎に出逢ったのさ。まずおれは亭主としゃべった。おれを知ってるんだ、向うは。するとこのいかれた野郎が入って来た。一杯註文した上で、そのビールにケチをつけやがる。こいつは辛抱できなくてね。

ベス　でも私思った、きっとホテルのバーが開いてるんじゃないか。二人でバーへ行こう。あの人が何か飲みものをおごってくれるわ。何を註文しよう。でも、あの人は何を註文するかしら。あの人、何を飲みたがるかしら。きっと聞えるわ、あの人がそれを言うのが。聞えるわ、あの人の声が。あの人まず私に訊ねるわ、何を飲むかって。それからそれを二杯註文する。きっと聞える、あの人がそうするのが。

ダフ　このビールはまるで小便だとやつは言った。とても飲めない。このビールのどこがいけないとおれは言った。いやいけないね、とやつは言いやがる、今言ったろ、どこがいけないか。これはこのあたりじゃ最高のビールだぜ、とおれ。いやそうじゃない、と野郎は言いやがるのさ、まるで小便だ。亭主はジョッキをとって一口飲んでみた。うまいビールだがね、と亭主は言う。誰かが間違えたんだ、と野郎は言うのさ、誰かがしびんと間違えてこのジョッキにやらかしたんだって。

（間）

亭主はカウンターに半クラウンおいて、これをとってくれとやつに言ったよ。ビール一パイントで二シリング三ペンスにしかならない、とやつは言うんだ、すると三ペンスの借りだけど細かいものがないんだって。すると亭主はね、その三ペンスは坊ちゃんにどうぞ、私からほんの気持だけと、こうだ。おれには息子はいないんだ、とそいつが言った、子供は一人もできたことがないんだって。するとどうやら奥さんもなしでしょう、と亭主だ。そいつは言ったね――女房はいない。女房のなり手がないんだ。

（間）

それからその男が亭主とおれに向って、一緒に一杯どうですだって。亭主は、じゃ一パイント頂きましょう、と来た。おれは初めは答えなかったがね、やつが寄って来て言うんだ――頼む、一杯つき合えよ。頼む、一杯つき合えよ。

（間）

やつは十シリングの札を出して、こっちへも一パイント貰うよと言った。

（沈黙）

ベス　不意に私立上った。岸辺へ歩いて行ってそれから水に入った。泳ぎはしなかったわ。私、泳ぎはしないわ。ただ水の動きに身をまかせてた。水の中で楽にしてた。波はとても静かでやさしかったわ。波が私のえりあしにさわったんだ。

（沈黙）

ダフ　お前いつか天気のいい日に、庭へ出て行って腰を下してみたらどうかな。きっと気に入るよ。外の空気。おれはよく行くんだ。犬が喜んでたな。

（間）

花を少し植えたよ。気に入ってくれるんじゃないかな。花を眺めるのは。少し切ってもいいよ、よかったら。もって帰るんだ。誰にも見られはしない。あそこには誰もいないから。

（間）

そこがいいとこだと思うね、おれは。サイクスさんの家で静かに暮してて、誰にも邪魔されないなんてね。村から知合いを一人か二人ここへ招待して一杯やろうかと思ったことも一、二度あるけど、結局やめたよ。余計なことさね。

（間）

庭へ出て行くとうんといるもの何だと思う？　蝶々だよ。

ベス　私、服を脱いでビーチローブに着替えた。その下は裸だった。海岸には人っ子ひとりいなかった。遠くの防波堤にいる老人のほかには。私、あの人のそばに横になってささやいたんだった。赤ちゃんがほしい？　子供よ。私たちの、ね？　いいでしょうね。

（間）

ダフ　お前どう思ったね、あの夕立？

（間）

もちろん、最初に一雨来た時、最初の木の下で逢った若い連中はね、きゃっきゃと言って笑ってたよ。じっと聞入って、何を笑ってるのか確かめようとしたんだが、分らなかったね。連中、ひそひそ声でしゃべってるんだ。おれは聞こうとはしたんだよ、何がおかしいのか確かめようと思って。

（間）

とにかく分らなかったのさ。

（間）

おれ思ってたんだが、……お前は若い時……あまり笑わなかったね。お前は……真面目だった。

（沈黙）

ベス　だからなんだ、あの人があんなに淋しい場所を選んだのは。私が静かに画を描けるようにって。私はスケッチブックをもって行ってた。それをとり出して、それから鉛筆をとり出した。でも描くものなんて何もなかったわ。ただ海岸だけ、海だけ。

（間）

あの人を描いてもよかったんだ。あの人、いやだと言って、笑ったわ。

（間）

私も笑った、釣りこまれて。

（間）

私はあの人が笑い出すのを待って、それから微笑んで、そっぽを向くと、あの人は私の背中にさわって、向きを変えさせた、自分の方へ。私の鼻に……しわが寄った。私あの人に釣られて笑ったわ、少しだけ。

（間）

あの人は笑った。そう、確かに。だからあの人を描くことはやめたんだ。

（沈黙）

ダフ　お前、若い頃は家事をやるのがほんとに上手だったな。そうだろう？　おれはとても自慢だったよ。お前は決して騒いだりうろたえたりせず、てきぱきと仕事を片づけたもんだ。相手がお前なら頼りにできたんだ、あの人は。ほんとに頼りにしてたよな。お前を信用してた、この女なら家をまかせられる、ちゃんと切盛りしてくれる、心配無用だって。

（間）

覚えてるかね、おれがあの人のお伴をして北の方へ旅行に出かけたことは？　例の長い旅行だ。戻って来た時、あの人はお前に礼を言ったな、留守中よく面倒を見てくれた、万事時計のように正確だって。

（間）

お前はおれの留守中淋しがってた。おれがこの部屋へ入って来ると、お前は立ったまま動かなくなった。おれはわざわざ部屋を横切ってお前のところへ行かなきゃいけなかった。

（間）

そしてお前にさわった。

（間）

でもおれはお前に話があった、そうだったな。おれはためらって、その時は言わなかったけど、言おうという決心はしてた、正直に言っちまおうと決めてた、だから言ったよ、次の朝に。そうだったな？

（間）

お前にすまないことをしたって言った。お前を裏切ったって。

（間）

お前は泣いたりしなかった。おれたちは二、三時間休みを貰って、池まで歩いて行ったな、犬を連れて。二人で木蔭にしばらく立ってた。お前がなぜ例の鞄をもって来てたのかおれには分らなかった。そこで訊ねた。その鞄には何が入ってるんだって。中身はパンだったな。お前は家鴨に餌をやった。それから二人で木蔭に立って、池の向うを見た。

(間)

この部屋へ戻って来ると、お前は両手でおれの顔を支えてキスしてくれた。

ベス　でも私、別に何も飲みたくはなかった。

(間)

私、砂に埋まってる顔を描いたわ、それから身体。女の身体。それから男の身体、女のすぐそばにいて、手はふれないでいる。だけど、全然うまく描けてなかった。人間の身体には見えなかったわ。砂がたえずすべり落ちて、輪郭がぼやけてた。私はあの人のそばへ這って行って、あの人の腕に頭をのせて、眼を閉じた。眼蓋の裏で赤や黒の斑点がちかちかしてたわ、いくつもいくつも。あの人の肌を頬で撫でた。すると、赤や黒の斑点がちかちかしながら動いたわ、眼蓋の裏で、いくつもいくつも。あの人の脇腹に顔を埋めて、光を閉出したんだった。

(沈黙)

ダフ　サイクスさんは最初に面接した時から気に入ってくれたな、おれたちを、な？

(間)

あの人は言ったよ、お前さんたち二人が一緒だと随分助かると思うって。覚えてるか？　そしてその通りになったよな。文句なしだ。おれは運転がうまい、靴も綺麗に磨く、給料だけの仕事はちゃんとやった。何にでもよく気がつく。身のまわりの世話についちゃ、あの人、不足はなかった筈だぜ。それも、いいか、やっと来たら陰気な因業野郎だったのにだ。

(間)

おれはやつが気の毒だと思ったことは一度もない、たとえ淋しい暮しをしてたからって。

(間)

お前がこの家の中で着るようにと言って選んでくれた例の綺麗な青い服、あれはなかなかよかったな。そりゃもちろん自分のためではあった、客の手前、お前にこの家でいい恰好をしていてほしいというのは。

ベス　あの人は砂の中で身体を動かして、片腕を私にまわした。

(沈黙)

ダフ　どうだい、楽しいかい、おれの話を聞いてるのは?

(間)

聞かせてほしいかね、おれがどんなことをやってるか。

(間)

どんなことを考えてるか。

(間)

え?

(間)

聞きたそうだね。

ベス　そして私を抱いてくれた。

(沈黙)

ダフ　もちろんあれは自分のためだった、この家の中でおまえにせいぜい立派な恰好をさせて客にいい印象を与えようというのは。

ベス　私は四つ辻までバスに乗って、それから小路を歩いて古い教会のそばを通った。とても静かで、小鳥の声しか聞えなかった。老人がひとり、クリケット場をぶらぶらしてた、身をかがめて。私は日光を避けて木蔭に入った。

(間)

車の音が聞えた。あの人は私に気づいて声をかけた。私はそのままそこにいた。すると車はまた動き出して、私の方へやって来た、ゆっくりと。私は車の前をまわって行った、ほとりの中を。日光のせいであの人の姿は見えなかったけど、あの人は私を見てたんだ。ドアまで行ったら鍵がかかってた。窓ごしにあの人を見たら、身を乗り出してドアを開けてくれたわ。私、乗りこんで横に坐った。あの人、私を見てにっこりした。それから一気に方向を変えて、とても速く、まっすぐに、小路を登って四つ辻へ出て、それから海まで行ったんだった。

(間)

ダフ　おれたちのこと羨しがってるやつはずいぶんいるよな、この家に住んで、家中自分のものにしてるんだから。ここは広すぎるよ、二人には。

ベス　あの人言ったわ、とても淋しい海岸を知ってる、他には誰も知らないような、そこへ今から行こうって。

ダフ　おれはお前にとてもやさしく振舞った。親切にしてやったよ、あの日は。お前がショックを受けたのは分ってたから、やさしく振舞ったんだ。池からの帰り道、お前の手をとってやった。お前は両手でおれの顔を支えてキスしてくれた。

ベス　鞄に入ってた食物はみんな私が自分で作ったり、自分でととのえたりしたものだった。パンだって自分で焼いたんだ。

ダフ　相手の女自体はどうでもよかったんだ。何も詳しい話をすることはないと思った。そんなことするのはよそうと思った。

ベス　窓はあいてたけど、ほろをあげたままにしておいた。

（間）

ダフ　サイクスさんがあの金曜日にちょっとした夕食会をやった。お前の料理とサーヴィスをほめてくれたな。

（間）

女が二人。それだけだ。初めて見る顔だった。あの人の母親と姉さんだったんじゃないかな。

（間）

コーヒーは遅くなってからほしいと言われた。おれは寝てた。眠りこんじまった。台所へおりて行ってお前を手伝う気はあったんだが、すっかり疲れててね。

（間）

でもお前がベッドに入って来た時には目が覚めた。お前、立ってられない位参ってたな。横になるなり寝こんじまった。ばたんと倒れて……そのままさ。

ベス　あの人の言った通りだった。淋しくて、海岸には人っ子ひとりいなかった。

（沈黙）

ダフ　この間、家のなかを見まわったのさ。言おうと思ってたんだがね。汚れがひどいよ。掃除しなきゃいけないね。

（間）

客間へ行って、窓を開けてね。古い葡萄酒用の瓶を洗ってもいい。そのうち、夕方にあそこで一杯やろうじゃないか、気分のいい夕方にでも。

（間）

蛾がいるようだね。カーテンを動かしたら飛んで出たよ。

（間）

ベス　そりゃ、年をとったら私は今のままじゃないわ、この通りじゃないわ、私のスカート、私の長い脚、年をとるんだもの、今のままじゃないわ。

ダフ　とにかく今は……とにかく今は、おれはパブへ行くのも池まで行くのも好きなようにやれる、小うるさい他人にあれこれ邪魔されないで。

（沈黙）

ベス　大事なのは、つまりね……そう私は言ったわ……あなたのさわり方がとてもやさしいってこと、あなたの眼差しがやさしいってこと、私の首すじ、あなたの目、沈黙、それよ私が言いたいのは、私の花が綺麗だってこと、私の花をさわる私の手、それよ私が言いたいのは。

（間）

見たことがあるわ、他の人たちのやり方は。そう、見たことがある。

（間）

みんな車を勢よくとばして。男の横には女の子が坐ってる。震動で身体を弾ませてるわ。見かけは綺麗よ。きゃあきゃあ言って。

（間）

ホテルのバーではみんなきゃあきゃあ言ってた。女の子は長い髪で。にこにこしてた。

ダフ　そこだよ、大事なのは、とにかく。おれたちは一緒にいる。そこだよ、大事なのは。

（沈黙）

ベス　でも私は早く起きた。まだ片づけものがたくさん残ってた。流しに水を張って皿をつけておいた。一晩水につけておいた。汚れはすぐに落ちた。犬も起きてた。私について来た。霧の深い朝。川から立昇って来るんだ。

ダフ　この野郎、ビールのことはからっきし分ってやがらねえんだ。やつは知らなかったがね、こっちは酒蔵の管理にかけては玄人なんだ。だからこのことについては自信をもってものが言えるんだよ。

ベス　私はドアを開けて外へ出た。誰もいなかったわ、あたりには。日が照ってた。しめってた、地面はずうっと。

ダフ　酒蔵の管理は遊び半分じゃやれないよ。朝は誰よりも早く起きてね。荷馬車屋を手伝って樽をおろすんだ。板の上をころがして地下室の中へ入れる。それからロープで樽をおろして棚にのせる。横倒しにして転がして、たがをはめて、天秤とてこを使って、棚に上げるんだよ。

ベス　まだ霧がある、でもはれて来た、次第にはれてる。

ダフ　栓は天辺の注ぎ口にはまってる。栓に杭を打ちこむ。栓の真中に杭を叩きこむんだ。すると空気が栓を通り、注ぎ口を通って入って行き、ビールが呼吸するようになる。

ベス　あたり一面しめってる。日が照ってる。木々が羽根のよう。

ダフ　それから飲み口を打ちこむ。

ベス　私は青い服を着てた。

ダフ　三日間そのままにしとく。樽には濡れた袋をかぶせとく。酒蔵には毎日ホースで水をまく。樽にも毎日水をかける。

ベス　すばらしい秋の朝だったわ。

ダフ　バーのポンプへ通じてるパイプには毎日水を通す。

ベス　私は霧の中に立ってた。

ダフ　これであとは酒を注ぐだけ。ただしおりが出て来る前にやめなきゃいけない。おりってのはとても飲めた代物じゃねえや。これでたるの中身は僅かに残ってるだけになる。かすをたるに戻して、工場へ送り返すってわけだ。

ベス　日光を浴びて。

ダフ　たるのビールには毎日金属の棒を突っこんでみる。残ってる量を測る。そいつをチョークで書いとく。こうすりゃ安心だ。切らしちまって恥をかくってことはない。

ベス　それから私は台所へ戻って腰を下した。

（間）

ダフ　パブにいたこの男はこれを聞いて驚いたと言ったね。酒蔵の床にホースで水をまくって話には驚いたって。大抵の酒蔵はサーモスタットで低温に保たれるようになってるんじゃなかったのかと言いやがる。小さな樽のビールにはシリンダーで酸素を送りこむんだと思ってたなんて言いやがる。おれは言ったね、何も小さな樽の話をしてるんじゃない、普通の生ビールのことを言ってるんだ。するとやつは、ビールはタンク車からパイプで金属の容器へ送りこむと思ってたなんて言いやがる。おれが言うには、そういうこともあるかも知れない、しかしそれはあたしが言ってる上等のビールの話じゃないって。やつはその点は認めたよ。

（間）

ベス　犬が私のそばに坐った。私は犬をなでてやった。窓を通して谷間が見下せた。子供たちが谷間にいたわ。草原を走ってた。丘を駈上った。

（長い沈黙）

ダフ　おれにはお前の顔は見えなかった。お前は窓際に立ってた。例によって真暗な晩だ。どしゃ降りの。聞えるのはただガラスに当る雨の音だけ、ガラスにピチャピチャ当る雨の音だけ。お前はおれが入って来たのは分ってたけど、動かなかった。おれはお前のすぐそばに立ってた。何を見てたんだろう、お前は。そとは暗かった。おれには窓を前にしたお前の輪郭しか、お前の影しか見えなかった。どこかに何かの光があった筈だ。それとも、お前の顔が他のものより明るくて窓に映ってただけなのかな。おれはお前のすぐそばに立ってた。お前はただ夢の中でぼんやりもの思いに耽ってただけなのかも知れない。手を出してさわらなくても、お前の尻をなでてるような気分だった。

（沈黙）

ベス　絵を描く時の光と影の基本を、私は忘れたことがなかった。ものが光をさえぎると影ができる。影とは光が欠けていること。影のかたちはそのもののかたちで決る。でもそうでないこともある。直接にそうならないこともある。時にはもののかたちが影のかたちを間接にしか決めないことがある。時には影の原因が見つからないこともある。

（間）

でも私はいつも覚えてたわ、絵を描く時の基本を。

（間）

だから一度もなくしたことはない、ものをつかむ力を。それに元気も。

（間）

ダフ　お前はもとは腰に鎖を巻いてたな。鎖には鍵や指貫や手帳や鉛筆やはさみをつけてた。

（間）

お前は広間に立ってゴングを鳴らした。

（間）

冗談じゃないぜ、何だってゴングを鳴らしてるんだ。

（間）

気違い沙汰だ。誰もいない広間でくそいまいましい、ゴングなんか鳴らしやがって。誰も聞いちゃいねえんだ。誰にも聞えねえんだ。この家には人っ子ひとりいない。

おれのほかには。昼飯に食うものは何もない。料理は何も作ってない。シチューもない。パイもない。野菜もない。肉もない。畜生奴、何もねえんだよ。

（間）

ベス　だから一度もなくしたことはない、ものをつかむ力を。たとえあの時、そうあの時だって、私があの人に、こちらを向いて私を見てと言ったのに、あの人はこちらを向いて私を見ようとしたのに、あの人の視線が分らなかったけど。

（間）

あの人が私を見ているのかどうか、私には分らなかった。

（間）

こちらを向いてくれてたのに。私を見てるようだったのに。

ダフ　おれが鎖を外すと、指貫や鍵やはさみが鎖から抜けて、がらがらと床に落ちた。おれはゴングを広間の向うへ蹴とばした。犬が入って来た。おれは思ったんだ、お前がおれの方へやって来るだろう、お前がおれの腕にとびこんで来て、おれにキスして、それどころか……抱いてほしいと言うだろうと。おれは犬の見てる前でお前をむさぼりたかった、男らしく、広間で、石の床の上で、ゴングを鳴らしながら、気をつけろはさみがケツに突刺さらないように、それに指貫も、大丈夫、こいつは犬が追って行くように投げてやろう、指貫があれば犬は喜んで遊んでるだろう、そいつを足でおもちゃにして、お前は女らしくおれにねえお願いと言う、おれは床の上でゴングを鳴らすんだ。もしも音が単調でひびきが悪けりゃ、そいつを元通り吊して、お前をそいつに打当ててゆすぶり、鳴らし、家中を叩き起し、みんなを晩飯に集め、昼飯は終った、ベーコンをもって来い、可愛い頭をぶち当てろ、犬が指貫を呑みこまないように気をつけて、ぴしゃりと——

（沈黙）

ベス　あの人は私の上に横になって、私を見下した。私の肩を支えてくれてた。

（間）

とてもやさしく、私の首をなでてくれた。とても柔く、私の頰にキスしてくれた。

（間）

私の手はあの人の肋骨にかかって。

（間）

とてもやさしく、砂が私の上に。私の肌を細かい砂が撫でて。

（間）

とても静か、私の眼に映る空は。穏かに波の音が。

（間）

ああ、あなたが好きよって、私言った。

——幕——

〔*LANDSCAPE*〕

沈默

*『沈黙』の初演は一九六九年七月二日に、
オールドウィッチ劇場において、
ロイアル・シェイクスピア劇団によって行われた。
配役は次のとおり――
エレン――フランシス・キューカ
ラムジー――アントニー・ベイト
ベイツ――ノーマン・ロドウェイ
(演出　ピーター・ホール)

〔登場人物〕

エレン　二十代の娘

ラムジー　四十歳の男

ベイツ　三十代半ばの男

（三つの部分。
それぞれの部分に椅子一脚）

ラムジー　私の散歩の相手の女の子は散歩の時には灰色のブラウスを身に着ける、それに灰色の靴を、そして散歩する、私のことを考えて作った服をいそいそと着こんで。あの灰色の服を。

あの子は私の腕をとる。

気持のいい夕方には丘をぬけて犬たちとすれ違って丘のてっぺんまで行く、雲が流れてる、日暮れのすぐ前、それとも丁度日の暮れる頃、その頃には月が

寒い夕方にはあの子を立停らせてレインコートを羽織らせてやる、雨の時にはあの子の腕をねじらせてレインコートに腕を通させてやる。そしてあの子に語りかけて何もかも話してやる。

あの子は私が見て喜ぶような服装をする。

自分の思いを話してやる。こうしていよいよ散歩だ、あの子と腕を組み、手を握り合って。

雲が流れる下で、私は一生の思いを話す。あの子は私を見上げたり、眼を伏せて聴入ったりする。言葉の、私の言葉の途中で立停って、私を見上げる。時にはあの子は私の手をいつとはなしに離し、腕をたらして、少し離れて歩く、犬が吠える。

エレン　二人いる。一人は時々私が逢う人、そしてもう一人。あの人は私の話を聞いてくれる。私は知っていることを話す。私は犬たちのそばを歩く。

時には風がとても強いのであの人には私の話が聞えない。私はあの人を木のところへ連れて行って、しっかりと抱きついて、ささやきかける、風が吹き抜け、犬たちが停り、あの人には私の話が聞える。

でももう一人の人には私の話がよく聞える。

ベイツ　バスで町へ行った。人が出てた。広場のまわりにあかりがついてて、雨で臭かった。あの子に鉱山のあかりを見せた。ぼた山の方へも連れて行った。黒い道路と大きな桁。あの子はおれにしがみついてた。こっちだよ、行先は。パブのドアが夜に向ってさっと開く。自動車の吠え立てる音、それにあかり。あの子はおれのそばだ、おれにしがみついて。

あの子をそこへ連れて行った、従兄がやってるとこへ。あの子の服を脱がせて、身体に手をかけた。

エレン　私はただ一人牛乳をもっててっぺんまで行く、雲が流れ、青空がさまざまに変化して私は時にはくらくらする、あの人に逢うのはどこかの物蔭。

一度あの人の家を訪ねた。あの人があかりをつけるとそれに窓が映り、窓にあかりが映った。

ラムジー　あの子はドアから窓まで歩いて行って自分が来た道を見ようとする、次第に近くなった家が今自分の立っている家で、小道や茂みが同じで、門が同じだということを確かめようとする。私がそばに立って微笑みかけると、あの子も私を見て微笑む。

ベイツ　何度になるかな、どうしようもない闇の中で身を固くして突立って待ってたのは。

泥、牛ども、川。

お前は野原を横切って闇の中から現れる。お前がやって来る。

お前は息を弾ませておれの前に立つ。そして微笑する。

おれはお前の肩に両手をかけてぐっとつかむ。その力でお前の顔から微笑が消える。

エレン　二人いる。私はあの人たちを見て話しかける。目をじっと見つめる。その目にキスして言うんだ、私が目をそらすのは微笑むため、そして振向きながら身体にさわってあげる。

（沈黙）

ラムジー　私は雲を見る。いいもんだ、雲の肋骨や腱は。

私は何も失ってはいない。

いいもんだ、一人きりで薄れて行く光を見ているのは。私のけだものたちはおとなしい。私の心臓は決して激しく打ったりしない。日暮れには本を読む。誰もいない、私に向ってこれをしろあれをしてはいけないなどと言う者は。私は誰の命令も受けない。

ベイツ　おれはもう死にそうだ、この我慢ならない騒ぎには。おれはドアを蹴とばしてやつらの前に立ちはだかった。誰かがおれを爺さん呼ばわりして、おとなしくしてろとぬかしやがった。やつらの方だ、おとなしくしてなきゃいけないのは。おれが若かったら……

どいつかが言った、その歳で生きてるのは運がいい、辛抱することだ、生かして貰ってるんだから、生かして貰ってるのは有難いことなんだからって。

問題は眠れないってことだ。ちっとは眠らなきゃもたない、だってそうだろう、おれにはほんとに休めることは全くない、慰めは何もない、日毎日毎の慰めは何もない、それどころかたまさかの慰めだってありゃしないんだから。

おれは強い、でもいくら強いたってあの部屋にいるごろつき連中ほどじゃない、それによく笑うやつらのスケども、それにやつらの音楽、それにやつらのさかりよう。

いっそ暮し方を変えて夜は起きてることにして、昼間に眠るか。しかし、どうしようってんだ。一体どういうことだ、闇の中で生きるってのは。

エレン　時々私は飲友達に逢って一緒に一杯やる。あの女は愛想がいい女で、随分年をとってて随分愛想がいい。でも私のことはほとんど知らない、大して分るわけがない、私のことは、今になって。おかしな女。隅っこで飲みながら色っぽい話を始めるんだ。私、笑ってやる。

私に訊ねるんだ、昔のことを、若い時分のことを、ずっと同じことを話題にしながら、でも私には若い頃の性生活の話なんかしてやる気はない。私は年寄りよ、若い頃のことはよその話、とにかく覚えてないわ、そう言ってやる。とにかく話をするのは向うだ。

私は自分の部屋へ戻るのが好きだ。とても眺めがいい。私には友達が一人か二人いる、女の友達が。よく聞かれる、どこから来たのかって。もちろん田舎からよって答える。友達に逢うことはあまりない。

時々分らなくなる、一体私はものを考えてるのだろうか。どこかで聞いたことがある、一人の人間の脳をどの位の数の考えが通り抜けるかって話を。でも随分以前から、私は実際に考えたことを覚えられなくなってる。

もちろん他の人にはそんなことは分らない、確かにこうだとは言えるもんじゃない、誰にも分らない、私を見てるだけでは、一体何が起ってるのか。

でも私はまだ随分綺麗だ、とても綺麗な目、綺麗な肌。

（ベイツはエレンの方へ行く）

ベイツ　今夜逢えるかい？

エレン　さあ。

（間）

ベイツ　今夜一緒に来いよ。

エレン　どこへ？

ベイツ　どこでもいい。散歩だ。

（間）

エレン　散歩はいや。

ベイツ　なぜ？

（間）

エレン　どこか他のとこへ行きたい。

（間）

ベイツ　どこへ？

エレン　さあ。

（間）

ベイツ　散歩がなぜいけない？

エレン　散歩したくないの。

（間）

ベイツ　何をしたい？

エレン　さあ。

（間）

ベイツ　どこか他のとこへ行きたいのかい？

エレン　ええ。

ベイツ　どこへ？

エレン　さあ。

（間）

ベイツ　一杯おごろうか？

エレン　いいえ。

（間）

ベイツ　散歩に出よう。

エレン　いや。

（間）

ベイツ　じゃいい。バスに乗って町へ行こう。知ってることがあるんだ。従兄がやってる。

エレン　いや。

（沈黙）

ラムジー　妙に暑い。天気が居坐ってると私は言うんだ。居坐ってしまってまるで動かない。例年にないことだ。馬のところまでおりて行って、馬がどんな様子か見よう。馬はこっちへやって来るだろう。

それともこれは余計なことか。私が行って世話をすることとは、他の誰かが行って世話をすることと少しも変らないのだ。こいつは信じられない。

ベイツ　頭の中で歩いてみる。でも壁を抜けて風の中へ出て行くことがどうしてもできない。

草原は壁で囲まれてる、湖も。空も壁だ。

一度小さな女の子がいたことがある。おれはその子を散歩に連れて行った。その子の手をとってやった。その子はおれを見上げて言った、木の枝の間に何かがいる、何か影のようなぼんやりしたものが。もたれかかってる。私たちを見てる。

きっと鳥だよ、とおれは言った、大きな鳥が休んでるんだ。鳥というものはくたびれるんだ、国中を飛びまわって、風の中を上ったり下りたり、色んな景色を見下したりしてると、くたびれるんだ、だから時には、丈夫な枝のついた木のところまで来ると休むんだよ。

（沈黙）

エレン　草の上を……私は走る……走る……走る……

ラムジー　あの子は漂う……私の下で。漂ってる……私の下で。

エレン　私はまわる。まわる。旋回する。滑走する。旋回する。目くるめく光の中で。地平線が太陽から離れる。私は光におしつぶされる。

（沈黙）

ラムジー　時には人に出逢う。向うは私に向って歩いて来る、いや、そうじゃない、私の方へ歩いては来るが、決して私のところまで来ないで、左に曲ったり、消えてまた現れたり、そして森の中に消える。

色んなやり方がある、連中を見失ってそれからまたつかまえるには。連中は最初ははっきりと見える……それからぼんやりして来て……それから見えなくなって……それからまたちらりと見えて……それから消えてしまう。

ベイツ　おかしいよ。時々おれは額に手を当てて気を静めるようにしてごみがみんな流れ落ちるのを感じ、汚れを落し、砂がはがれるのを感じる。おかしな瞬間。あの静かな瞬間。

（エレンはラムジーの方へ行く）

エレン　変ったわ。ペンキを塗ったのね。棚をつけたの。何もかも。綺麗よ。

ラムジー　覚えてるかね……この前にここへ来た時のこと？

エレン　ええ、そりゃ。

ラムジー　君はほんの子供だった。

エレン　ええ、そう。

（間）

ラムジー　料理はできるようになったかね？

エレン　何か作ってほしい？

ラムジー　ああ。

エレン　今度来た時ね。作るわ。

（間）

ラムジー　音楽は好きかい？

エレン　ええ。

ラムジー　音楽を聞かせてあげよう。

（間）

ラムジー　君が映ってる。

エレン　どこに？

ラムジー　窓に。

エレン　外はとても暗いわ。

ラムジー　ここは高いところなんだ。
エレン　高いところへ行くほど暗くなるものなの？
ラムジー　いや。

（沈黙）

エレン　私のまわりに夜が坐りこんでる。何という沈黙。自分で自分が聞えるような。耳をおおう。私の心臓が耳の中で鳴ってる。何という沈黙。私なの、これは？　私は黙ってるのか、それとものを言ってるのか。分るわけがない。分るのかしら、そんなことが。私に教えてくれた人は一人もいない。私は教えて貰わなければ。年をとってるらしい、私は。もう年寄りなのかしら。誰も教えてはくれない。こういうことを教えてくれる人を見つけなければ。
ベイツ　馬鹿なおしゃべりさ。下宿のかみさんが一杯どうですと言う。あんたここで何をしてるの。なぜ一人暮しなの。どこから来たの。どうやって時間をつぶすの。これまでどんな暮しをしてたの。あんたは元気そうだけどね。ちょっと無愛想よ。これまでに面白いと思ったことはあるんでしょ？　だって一生に一度や二度面白いと思ったことはある筈だわ。何か一つ位。楽しい目を見たこと一度もないの？　誰かが好きになったってことは？　あんたこのままじゃ年とってってもまるで子供よ、自分で自分の首を絞めて。そういう目はみんな見た。そういうことはみんな経験ずみだ。そう言ってやった。
エレン　あの人は窓際で私を膝にのせて、右の頬にキスしてもいいかって言った。私は頷いてええと言った。あの人はキスした。そしたらあの人は、右の頬にキスしたんだから左の頬にもキスしていいかだって。私はええと答えた。あの人はキスした。

（沈黙）

ラムジー　あの子は目を伏せてた。私にはあの子の言ったことが聞えなかった。
ベイツ　私聞えない。いや聞えてるとおれは言った。
ラムジー　何を言ってるんだ？　私を見てとあの子は言った。
ベイツ　いいえ。聞えなかったわとあの子は言った。あんたの言ったこと聞えなかった。

ラムジー　でも私は君を見てる。君が頭を垂れてるんだよ。

(沈黙)

ベイツ　その小さな女の子はおれを見上げた。おれは言った——夜になると馬はとても喜んでるんだ。馬はしばらく立ってて、それから眠ってしまう。朝になると、目をさまして、ちょっと鼻を鳴らして、時にはかけまわって、餌を食べる。馬のことは心配しなくてもいいんだよ。

(エレンはラムジーの方へ行く)

ラムジー　若い男を見つけるんだな。
エレン　そんな人いない。
ラムジー　何を馬鹿な。
エレン　若い人はいや。
ラムジー　馬鹿だよ。君は。
エレン　若い人なんて嫌い。

(間)

ラムジー　見つけるんだよ。

(沈黙)

ベイツ　たとえば木の枝の間に見えるぼんやりしたものだがね、ただの鳥なんだよ、長旅のあと休んでる。

エレン　私は牛乳をもって登って行く。空が私を打つ。私は風の中を歩いて行って、じっと待ってるあの人たちに出くわす。二人いる。あの人たちは中庭で立停って笑って大声を出す。立ったまま突っつき合ったりなぐり合ったりして笑う。向きを変えて歩きかけ、見まわして私に向ってにっこりする。私は一方を見て、それからもう一方を見て、またあの人を見る。

(沈黙)

ベイツ　若い連中の部屋からは——何も聞えない。眠ってるのか？　やさしく愛し合ってるのか？どうだっていい。

(沈黙)

ラムジー　私の散歩の相手の女の子は——

ベイツ　バスで町へ行った。人が出てた。広場のまわりに——

（沈黙）

エレン　毎日仕事が終ると人ごみの中を歩いて帰るけど、人間には目をとめない。別に夢を見てるとかそういったことじゃない。それどころか、まわりのことはよく分ってる。ただ人間には目をとめないだけ。何か目にとまるようなことが、注意を惹かれるようなことが、面白いことが、ある筈だ。いや、あることは分ってる。間違いない。でも私は何にも目をとめずに人ごみをぬけて行く。後になってから、自分の部屋へ戻ってから、初めて思い出す。そう、思い出す。でも決して分らない、私が思い出すのは、今日のことなのか、昨日のことなのか、それともずっと昔のことなのか。

それに時には、私が思い出すのは半分だけってことがある、半分だけ、初めの方だけ。

私の飲友達がまたまた訊ねた、結婚したことはあるのかって。今度は、あると答えてやった。そう、あると答えた。もちろんよ。結婚式をよく覚えてるわ。

（沈黙）

ラムジー　気持のいい夕方には丘をぬけて犬たちとすれ違って丘のてっぺんまで行く、雲が流れてる

エレン　時には風がとても強いのであの人には私の話が聞えない。

ベイツ　あの子をそこへ連れて行った、従兄がやってるとこへ。

エレン　青空がさまざまに変化して私は時にはくらくらする

（沈黙）

ラムジー　小道や茂みが同じで、門が同じだということをお前は野原を横切って闇の中から現れる。お前がやって来る。

ベイツ

エレン　私はあの人たちを見て話しかける。

（沈黙）

ラムジー　薄れて行く光を見ているのは。

ベイツ　それによく笑うやつらのスケども、それにやつら

の音楽、それにやつらのさかりよう。

エレン　よく聞かれる、どこから来たのかって。もちろん田舎からよって答える。

（沈黙）

ベイツ　今夜一緒に来いよ。

エレン　どこへ？

ベイツ　どこでもいい。散歩だ。

（沈黙）

ラムジー　私が行って世話をすることは、他の誰かが行って世話をすることと少しも変らないのだ。

ベイツ　木の枝の間に何かがいる、何か影のようなぼんやりしたものが。

（沈黙）

エレン　私は走る……

ラムジー　漂ってる……私の下で。

エレン　地平線が太陽から離れる。

（沈黙）

ラムジー　連中は最初ははっきりと見える……それからぼんやりして来て……それから見えなくなって……それからまたちらりと見えて……それから消えてしまう。

ベイツ　ごみがみんな流れ落ちるのを感じ、汚れを落し、砂がはがれるのを感じる。

エレン　目をじっと見つめる。

（沈黙）

ラムジー　ここは高いところなんだ。

エレン　高いところへ行くほど暗くなるものなの？

ラムジー　いや。

（沈黙）

エレン　私のまわりに夜が坐りこんでる。何という沈黙。

ベイツ　そういう目はみんな見た。そういうことはみんな経験ずみだ。そう言ってやった。

エレン　私は頷いてええと言った。

（沈黙）

ラムジー　あの子は目を伏せてた。

ベイツ　いや聞えてるとおれは言った。

ラムジー　何を言ってるんだ？

ベイツ　聞えなかったわとあの子は言った。

ラムジー　でも私は君を見てる。君が頭を垂れてるんだよ。

（沈黙）

ベイツ　朝になると、目をさまして、ちょっと鼻を鳴らして、時にはかけまわって、餌を食べる。

（沈黙）

エレン　そんな人いない。

ラムジー　何を馬鹿な。

エレン　若い人はいや。

ラムジー　馬鹿だよ、君は。

（沈黙）

ベイツ　たとえば木の枝の間に見えるぼんやりしたものだがね。

エレン　私は風の中を歩いて行って、じっと待ってるあの人たちに出くわす。

（沈黙）

ベイツ　眠ってるのか？　やさしく愛し合ってるのか？　どうだっていい。

エレン　その目にキスして言うんだ

（沈黙）

ラムジー　私の散歩の

（沈黙）

ベイツ　バスで町へ

（沈黙）

エレン　もちろんよ。結婚式をよく覚えてるわ。

（沈黙）

ラムジー　私の散歩の相手の女の子は散歩の時には灰色の

ブラウスを

ベイツ　バスで町へ行った。人が出てた。広場のまわりにあかりがついてて

（長い沈黙）

（照明が次第に弱くなり、消える）

――幕――

〔*SILENCE*〕

夜

＊『夜』は一九六九年四月九日に、
アレグザンダー・H・コーエン有限会社の製作により、
『混合ダブルス』と題するだしものの一部として、
コメディ劇場において上演された。
配役は次のとおり——
男——ナイジェル・ストック
女——ヴィヴィアン・マーチャント
（演出　アレグザンダー・ドレ）

〔登場人物〕

男

女

四十代の女と男。

二人は腰を下してコーヒーを飲んでいる。

男　ほら、あの時のことだよ、川のそばの。
女　いつのこと？
男　初めての時さ。橋の上の。橋の上で始めたんだ。

（間）

女　思い出せないわ。
男　橋の上だよ。僕らは立停って川を見下した。夜だった。引舟道にあかりがついてた。僕らは二人きりで、上流の方を見てた。僕が君の腰のうしろに手をかけたんだ。覚えてないのかい。僕が君のオーヴァーの下に手を入れたんだよ。

（間）

女　冬だった？
男　もちろん冬だったさ。僕らが逢った時だ。初めて散歩したんだよ。あれは覚えてるだろう。
女　散歩は覚えてるわ。あなたと散歩したのは覚えてる。

男　初めてのだよ。初めての散歩だよ。
女　ええ、もちろんあれは覚えてるわ。

（間）

道を歩いて野原へ入って行ったわね、どこかの柵を抜けて。野原の隅まで歩いて行って、それから柵のそばで立停ったわ。
男　いや。立停ったのは橋の上だよ。

（間）

女　それは誰か他の人よ。
男　馬鹿な。
女　他の女の子よ。
男　何年も前のことだからな。君は忘れたんだ。

（間）

女　あかりが水に映ってたよ、たしか。
柵のそばに立って、あなた、私の顔を両手ではさんだわ。とてもやさしかったわ、あなた、とても思いやりがあって、そう、思いやりよ。私の顔を探るように見つめたわ。この人、どんな人かしら。何を考えてるのかしら。どうするつもりかしら。そう思ったわ、私。
男　僕らはパーティで逢った、それはいいんだね。認めるね、それは？

女　あれは何？

男　え？

女　子供が泣いてたんじゃなかった？

男　音などしないよ。

女　子供が目がさめて泣いてるような気がしたけど。

男　家中静かだよ。

（間）

すっかりおそくなったのに、こうして起きてる。もう寝なきゃいけないよ。明日は早起きする筈なんだ。用事があるからね。どうして君は逆らうのさ？

女　逆らってなどいないわ。私だって寝たいのよ。用事があるし。明日は早起きしなきゃいけないわ。

（間）

男　ダウティって男がパーティをやったんだ。君はその男を知ってた。僕も逢ったことがあった。僕はそいつの女房を知ってた。そのパーティで君に逢ったんだ。君は窓際に立ってた。僕が君を見てにっこりすると、何と、君もにっこりしてくれた。僕は気に入られたってわけだ。驚いたな。僕が魅力的に見えたんだって。あとで教えてくれたね。僕の目が気に入ったって。

女　私の目が気に入ったのよ、あなたが。

（間）

あなた、私の手にさわったわね。私の名前と仕事を訊ねて、それから、私の手にさわってるのが分るかって聞いたわ、指にさわってるのが、私の指の間をあなたの指がなでてるのが分るかって。

男　そうじゃない。僕らは橋の上で立停ったんだ。僕が君のうしろに立って、片手を君のオーヴァーの下に入れて、腰のところへもって行った。僕の手の動きが感じられた筈だ。

（間）

女　私たちパーティに出たわ。ダウティ夫妻の。あなたはあそこの奥さんを知ってた。あの人ったら、あなたをやさしく見て、まるで私の大事な人って言うみたいだった。きっとあなたが好きだったのね、あの人。私はそうじゃなかった。あなたは知らない人だし。あれは綺麗な家だったわ。川岸の。あなたに待ってて貰って、私オーヴァーを取りに行った。送ってあげようって、あなたが言ったもの。あなたって、ほんとに親切でやさしくて礼儀正しくて思いやりがある人だって気がしたわ。オーヴァーをひっかけてから、窓の外を見たのよ、あなたが待っててくれるんだなって思いながら。庭の向うの川の方を見ると、水にあかりが映ってるのが見えたわ。それからあなたと一緒になって、道を歩いて行って、柵を抜けて野原に入ったのよ。きっと公園か何かだったのね。あとであなたの車のところまで行って、私、家まで送って貰ったわ。

（間）

男　僕は君の乳房にさわった。
女　どこで？
男　橋の上で。僕は君の乳房にさわった。
女　ほんと？
男　君のうしろに立ってね。
女　あなた、ほんとに、するのかしら、する気かしら、するのかしらって、思ったわ。
男　うん。
女　どんな風にするかしらって思ったの、ほんとにする気があるのだろうかって。
男　僕は両手を君のセーターの下に入れて、ブラジャーを外して、乳房にさわったんだ。
女　きっと他の晩のことよ。他の女の子よ。
男　覚えていないのかい、僕の指が君の肌にさわったのを？
女　あなたの手に握られてたの？　私の乳房が？　すっかり握られてた？
男　覚えていないのかい、僕の手が君の肌にさわったのを？

（間）

女　私のうしろに立ってたって？
男　そう。
女　でも私は柵にもたれてたのよ。柵におしつけられてたのよ……うしろは。あなたは私に向き合ってた。私はあなたの目を見てた。オーヴァーはボタンがかかってたわ。寒かったもの。
男　ボタンは僕が外した。
女　すっかり夜が更けてたのよ。寒かったわ。
男　そのあとで、僕らは橋から離れて、引舟道を歩いてごみだめのところへやって来た。
女　それからあなたは私を自分のものにして、私が好きになったって言ったわね。いつまでも私を大事にする、私の声や目や太股や乳房がとてもすてきだ、いつまでも私を愛するって、そう言ったわね。
男　そうだ。
女　そして、あなたはその通りいつも私を愛してる。
男　そうとも。

女　それから私たちは子供をこしらえて、向き合っておしゃべりをして来た、だのに、あなたが覚えてるのは、橋の上の女たちや引舟道やごみだめなのね。

男　そして、君が覚えてるのは、柵に尻をおしつけられてたことや、君の手を握ってた男たちや君の目を見つめてた男たちのことなんだね。

女　それにみんなが私にやさしく話しかけてたことも。

男　それに君のやさしい声も。夜、男たちにやさしく話しかけてたあの声だ。

女　そして、みんな言ったわ、いつまでも僕は君を愛するって。

男　言ってたね、いつまでも私はあなたを愛するって。

〔*NIGHT*〕

ハンブルグにおけるスピーチ

この賞を頂けることを知らされた時、私は大いに驚き、当惑しさえしましたが、同時にこういう光栄に浴することについて深い満足感を覚えました。私は今なお光栄に感じ、少し当惑してもいますが、一方では怯えてもいます。私が怯えているのは、今日皆さんの前で挨拶をするように求められたからです。ものを書くのは困難な仕事ですが、人前で挨拶をするのは私にとってはその二倍も困難な仕事なのです。

かつて何年も前に、私は公開の場で劇について議論するという気持のよくないことをやったことがあります。誰かが私に向って、私の仕事は何「について」書いたものなのかと訊ねました。私は全く何の考えもなく、ただこういう方向の質問をやめさせようとだけ思って、「カクテル用戸棚の下にいるいたちです」と答えました。こんなことをしたのは大変な誤りでした。それから今までの間に、この言葉はいくつもの学問的な文章の中で引用されて来ました。どうやらこれは今では深遠な意味を獲得してしまったらしく、私自身の仕事についての極めて重要で意味深い見解だと見なされています。しかし私にとってはこの言葉は全く何の意味ももってはいなかったのです。ことほどさように、人前で話をするのは危険なことなのです。

どういうやり方で、人は自らの仕事について語ることができるのでしょうか。私は作家であって批評家ではありません。仕事という言葉によって私は文字通り仕事を意味しています。私は自分のことを仕事をする人間にすぎないと考えているのです。

シェイクスピア賞選定委員会が、この賞の精神に照らして私の仕事が受賞に値すると判定して下さったことに私は感動していますが、委員各位がどんな理由でこういう決定に至られたのかは、私には理解できません。私は望遠鏡のもう一方の端にいるのです。用いられる言葉、述べられる意見、自分の作品が生み出す賞讃や批判は、ある意味ではその作品についての自分の現実の体験の外部にある事柄です。なぜならこの体験の核心とは、その作品を書くという行為のことであるからです。私が紙に書きつける言葉やそこから現れる人物たちに対して、私は特別の関係をもっており、それを私と共有できる人は他に一人もいません。そしておそらくはそのせいで、私は未だにほめられると当惑し、侮辱されても全く無関心でいるのだと思います。賞讃や侮辱はピンターという名の誰か別の人に向けられているのです。人々が論じている人間を私は知りません。戯曲なら知っていますが、その知り方は全く異った、全く私的なものなのです。

どうしても何かを言わねばならないとしたら、私は実際的な事柄について実際的な話をしたいと思いますが、これは殊勝な望みでしかありません。なぜなら人は必ず、ほとんどそれと気づかぬうちに、理論化をやってしまうからです。そして私は理論を信用しません。私がこれまでに劇の世界で果したあらゆる種類の活動において——私はものを書くほかに、俳優としての仕事をかなりやり、舞台の演出もいくらかやっています——理論それ自体が役に立ったことは一度もありませんでした。それは私自身にとっても、また私の観察によればほとんどの仕事仲間にとってもそうでした。劇場において協同作業を行う者の間のいちばん望ましいつながりのあり方は、私の考えでは、つかえつかえ進められる奇妙な速記術のようなもので、これによって我我は事実を見失ったり、ぶつけ合ったり、探ったり、再び見出したりするのです。私が知っているあるすぐれた演出家は、一つの文章を最後まで語ったことがないので有名です。この人がもっている本能的な自信とほとんど潜在意識的な意思伝達力とは大したものなので、実際に言葉を発する前に俳優たちはその言葉に反応してしまうのです。

私は別に知性の欠如が仕事に役立つなどと言おうとしているのではありません。そうではなくて、私が採上げているのは実際的で重要な事柄に——活動的で生きていて具体的な事柄に——知性が働きかけた場合の例、他の人々と一緒に妥当で従ってかけがえのない事実を見出し、それを我我のために舞台上で具体化しようと知性がつとめている場合の例なのです。稽古期間を哲学的論議や政治論で埋めたのでは、午後八時に幕は上りません。

私は事実という言葉を使いましたが、これは演劇的事実という意味です。演劇的事実はその秘密を簡単には明さないというのはその通りであり、この度合が激しい場合に、それを歪曲したり、別のものに変えたり、あるいはそんなものは最初から存在していなかったかのように振舞ったりするのは、いとも簡単なことです。こういう傾向を我々はややもすると無視しがちですが、それは劇の世界では実は頻繁に起っています。そしてそれは無能さか当の作品に対する根本的な軽蔑かの証拠なのです。

作家が、まだ書いていない言葉が占めるべき空白を見つめる時、あるいはまた俳優や演出家が舞台上における特定の瞬間に達した時、他の人は知らず私は、その時に起りうるまともなことは一つしかない、そしてそのこと、そのしぐさ、紙の上のその言葉だけを見出さねばならない、そして一旦見出されたらそれは念入りに保護されねばならないと信じています。どうやら私は、戯曲とその上演との両方について、必要な形態のことを問題にしているようです。

もしも、私が信じているように、戯曲が作者に対して要求する必然的でかけがえのない形態が存在するものならば、私自身はそれを一度も現実化できないでいます。戯曲の最終稿を書終えた時に、私は必ず複雑な気持を味わって来ました。すなわち、安堵、不信感、歓喜、それから、もう一度戯曲の首を絞め上げることさえできたら、戯曲はもう一度私に屈伏するかも知れない、戯曲をもっといいものにできるだろう、おそらくは戯曲を打負かすことができるだろうという確信などです。しかし、これは不可能です。ひとたび言葉を創造してしまうと、あるやり方でその言葉は自らの生命を見つけて、作者をにらみつけて参らせ、頑として譲歩せず、大抵は作者の方を打負かすものなのです。人物を創造してしまうと、人物は極めて手ごわいものとなります。人物は当の作者を用心深く見ています。馬鹿げた話に聞えるかも知れませんが、私は自分の作品の人物たちを通じて二種類の苦痛を味わったという言い方をしても嘘にはならないと思うのです。私が人物たちを歪曲したり偽瞞化したりしていると、人物たち自身の苦痛が目に見え、人物たちの軽蔑が目に見えて来ました。人物たちの急所をつかめない時、人物たちが故意に私を避ける時、人物たちが闇に引っこんでしまう時にも、私は苦痛を味わいました。更に、もっと稀な第三の苦痛があります。それは、しかるべき言葉なりしかるべき行為なりが、固有の生命を激しくあるいは静かに獲得する時の苦痛です。このことが起る場合には、苦痛は経験し甲斐があります。このことが起る場合には、私はそれらを最寄りのバーへ連れて行って、全員に酒をおごりたいような気になります。そして私は、それらに罪を犯す者である私をそれらが赦して、私にも同じことをしてほしいと望むのです。しかしながら、作家と人物たちとの間に相当の葛藤があることには疑問の余地がなく、しかもおおむね人物たちの方が勝つと言わねばなりません。そしてこれでいいのだと私は思います。作家が人物たちの青写真をこしらえて人物たちをそれに合せたりするなら——人物たちが作家の計画をひっくり返すことが決してないなら——作家が人物たちを支配下においてしまっているようなら——作家は同時に人物たちを殺した、と言うより人物たちの誕生を妨げたことにもなるのであり、作家は死んだ戯曲をかかえこむことになるのです。

時には、演出家が稽古中に私に向って、「彼女はなぜこんなことを言うんだ」と訊ねることがあります。私は答えます——「ちょっと待ってくれ。脚本を見てみよう」。脚本を見て、私は多分「彼女がこういうのは、二ページ前に彼がああ言ったからじゃないかな」などと言うでしょう。あるいは、「それは彼女がそう感じているからだ」と言うかも知れない。あるいは、「それは彼女が他のことを感じているからで、だからこう言うんだ」。あるいは、「全然分らない。でも何とかして答を見つけなくちゃ」。時には私は稽古によって極めて多くのことを学ぶのです。

私はこういう仕事をして来て、仕事仲間に非常に恵まれて来ました。とりわけピーター・ホールやロイアル・シェイクスピア劇団とのつながりは、極めて満足すべきものでした。ピーター・ホールと私が一緒に仕事をして来て発見したところによると、イメージはこの上なく用心深く、穏かに追い求めねばならない、そして、一旦見出されたら、とぎすまし、選別し、正確に焦点を合せ、維持して行かなければならない、また、肝腎なのは一にも二にも無駄をなくすこと《エコノミー》である。動きやしぐさの、感情やその表現の無駄をなくすことである、しかも内的なものと外的なものとが互いに特定で厳密な関係を保っており、最終的には夾雑物や混乱がないようでなければならない——こういったことになります。これは別に革命的な結論ではありませんが、だからといってあらためて述べる値打ちがないとは思いません。

私は内容ではなくて方法や技巧を強調しすぎているように見えるかも知れませんが、実はそうではないのです。これまでに言及して来たような掟を一つの仕組みとして、あるいは形式上の道具として、劇的行動に押しつけよなどと私は言ってはおりません。舞台上で我々に向って明らかにされる事柄は、その場面の内容が明確に把握されていなければ決して十分に明らかにはならないものだという事実は、はっきりしています。しかしこの把握は、私が理解しているところによれば、知性を働かせることによって得られるものではなく、俳優たちがこれとは全く別の体系を用いて到達するものなのです。言いかえれば、かりに今私がある劇の上演に対してさまざまの基準を適用するとすれば、その基準は知的概念などではなくて、すぐれた俳優たちとそれから生きたテクスト——と言えるようであってほしいと思いますが——を相手にした積極的参加という体験を通じてつかんだ事実なのです。

私は何についてものを書いているのか。決してカクテル用戸棚の下にいるいたちについてではありません。

私には一般的なものの言い方をする気はありません。それにたずさわっている人々の自己表現の手段としてのみ用いられているような演劇には、私は興味がありません。劇団活動においてあまりにもしばしば見聞されることですが、汗と襲撃と喧噪のかげで、ナイーヴで全く不毛で何の価値もない一般論が語られているにすぎないという場合がよくあります。

私には自分のどの戯曲も要約することができません。私にはどの戯曲も描写することはできないのであって、ただ、「こういうことが起りました。こういうことを人々は言いました。こういうことを人々はやりました」と言えるだけです。

時には私は自分の心中にある強い力に気づくことがあります。イメージなり人物なりが自分のことを書いてくれといって強く求めるのです。そこで、一杯飲んだり、ひとに電話をかけたり、公園を走りまわったりして、うまくそれらの息の根をとめてしまうこともあります。それらとかかわり合うと生活が地獄のようになるのが分っているからです。しかし時にはどうしてもそれらを避けることができなくて、やむなくそれらを何とか正当に扱おうと試みることになります。そしてこれは地獄ではあるかも知れませんが、私にとってはどうせ堕ちるなら確かにこれは最良の地獄なのです。

しかし、皮肉なことだと私は思うのですが、私は作家としてこの由緒ある賞を頂くためにここへ参りましたのに、目下何も書いてはおらず、また何も書けない状態にいます。なぜなのか分りません。これが極めていやな気分であることは分っていますが、一方、敢えて言うなら、私は何にもまして、もう一度空白のページを埋めてみたい、そして指先を通じての誕生というあの奇妙なことが起るのを感じてみたいと願っています。作家は、ものが書けない時には、自己から追放されてしまったような気になるものです。

〔*SPEECH : HAMBURG 1970*〕

昔の日々

＊『昔の日々』の初演は一九七一年六月一日に、
ロイアル・シェイクスピア劇団によって、
ロンドンのオールドウィッチ劇場において行われた。
配役は次のとおり——
ディーリー——コリン・ブレイクリー
ケイト——ドロシー・テュティン
アナ——ヴィヴィアン・マーチャント
（演出　ピーター・ホール）

〔登場人物〕

ディーリー

ケイト

アナ

いずれも四十代前半

〔場面〕

百姓家を改造した住宅。

中央奥に細長い窓。上手奥に寝室のドア。

下手奥に玄関のドア。

少数の現代風家具。

ソファ二つ。肱掛椅子一つ。

秋。夜。

第一幕

（弱い光。三人の人物が見える。

ディーリーは肱掛椅子に深々と沈みこんで、じっとしている。

ケイトはソファに丸くなって坐り、じっとしている。

アナは窓のところに立って、外を見ている。

沈黙。

照明が明るくなって、煙草を吸っているディーリーとケイトに当る。

アナの姿は、そのまま弱い光に包まれて窓のところでじっとしている）

ケイト　（思いにふけるように）色が黒いわ。

（間）

ディーリー　肥ってる、やせてる？

ケイト　私よりは太目。だと思う。

（間）

ディーリー　その頃は、だね？

ケイト　そう思うわ。

ディーリー　今は違うかも知れない。

（間）

その女の人、君のいちばんの親友だったのかい？

ケイト　さあ、それどういうこと？

ディーリー　何が？

ケイト　親友って言葉……ふり返ってみると……そんな昔のこと。

ディーリー　思い出せないのかい、その頃の感じ？

（間）

ケイト　随分昔だもの。

ディーリー　でも、その人のことは覚えてる。向うも君を覚えてる。でなけりゃ、どうしてだい、今夜ここへ来るのは？

ケイト　それは、向うが私を覚えてるからでしょうね。

（間）

ディーリー 君は思ってたのかい、その人をいちばんの親友だと？
ケイト 友達はその人だけだったの。
ディーリー 最良にして唯一の友か。
ケイト ただ一人、一人きりの友達よ。

（間）

何かが一つしかなければ、それがいちばんだなんて言えないわ。
ディーリー 他に比べるものがないから？
ケイト そう、ね。

（間）

ディーリー （微笑しながら）比類を絶した友ってわけだ。
ケイト あら、そんなことなかったわ、あの人。

（間）

ディーリー 知らなかったよ、君にそんなに少ししか友達がいなかったなんて。
ケイト 少しじゃない。全然よ。その人の他には。
ディーリー なぜ、特にその人と？
ケイト 分らない。

（間）

その人、泥棒でね。よく、ものを盗んだわ。
ディーリー 誰のものを？
ケイト 私の。
ディーリー どんなもの？
ケイト いろんなもの。下着とか。

（ディーリーはくすくす笑う）

ディーリー その話、その人にして聞かせるつもりかい？
ケイト さあ……しないと思うわ。

（間）

ディーリー そんなわけで君はその人が好きになったのかね？
ケイト そんなわけって？
ディーリー 泥棒だったということ。
ケイト いいえ。

（間）

ディーリー また逢えるの、楽しみかい？
ケイト いいえ。
ディーリー 僕は楽しみだ。面白いだろうな。

ケイト　何が？
ディーリー　君が。君を観察することにしよう。
ケイト　私を？　なぜ？
ディーリー　その人が昔の通りかどうか知るために。
ケイト　私を通じてそれが分るというの？
ディーリー　そうだとも。

（間）

ケイト　私、あの人のことほとんど覚えていないわ。まるですっかり忘れてしまったみたい。

（間）

ディーリー　その人、何を飲むか、見当はつくかい？
ケイト　全然。
ディーリー　菜食主義者かも知れない。
ケイト　聞いてみたら。
ディーリー　手おくれだ。君は肉のシチューを作ってしまったじゃないか。

（間）

その人、なぜ結婚していないんだい？　つまりさ、なぜ御主人と一緒に来ないんだい？
ケイト　聞いてみたら。
ディーリー　何もかも聞いてみなきゃならないのか？
ケイト　あなたが知りたいことを、私に聞けって言うの？
ディーリー　違うよ。とんでもない。

（間）

ケイト　もちろん、あの人結婚してるわ。
ディーリー　どうして分る？
ケイト　誰だって結婚してるもの。
ディーリー　それでは、なぜ御主人と一緒に来ないのか。
ケイト　一緒に来ないの？

（間）

ディーリー　手紙の中に御主人のことが書いてあったかい？
ケイト　いいえ。
ディーリー　どんな男だと思う？　つまり、どういう男とその人は結婚しそうかってことだ。だって、その人は君のいちばんの――君のただ一人の――友達だった。見当ぐらいつくだろう。どういう男だろうな？
ケイト　見当つかないわ。
ディーリー　好奇心も湧かないのかい？
ケイト　忘れたの？　私はその人、知ってるのよ。
ディーリー　二十年も逢ってないんだよ。

ケイト　あなたは一度も逢ってない。そこが違うわ。

（間）

ディーリー　とにかく、シチューはたっぷり四人前ある。
ケイト　あの人は菜食主義者じゃなかったの？

（間）

ディーリー　その人の方は、たくさん友達がいたかい？
ケイト　さあ……普通程度にはね。
ディーリー　普通？　普通とはなんだい？　君には一人もいなかった。
ケイト　一人いた。
ディーリー　それが普通かい？

（間）

その人には……うんと友達がいた、そうだね？
ケイト　何百人も。
ディーリー　その人たちに逢ったかい？
ケイト　全部には逢ってない、と思うわ。でも、何しろ私たち一緒に暮してたでしょう。お客があるわ、時には。その人たちに逢ったの。
ディーリー　その人のお客だね？
ケイト　え？
ディーリー　その人のお客だよ。友達だよ。君には友達はいなかった。
ケイト　その人の友達よ、そう。
ディーリー　その人たちに逢ったんだね。

（間）

ケイト　え？
（不意に）一緒に暮してたって？
ディーリー　君たち、一緒に暮してたって？
ケイト　もちろんよ。
ディーリー　そいつは知らなかった。
ケイト　知らなかった？
ディーリー　そんなこと、君は一度も言わなかったよ。ただの知合いだと思ってた。
ケイト　それはその通りよ。
ディーリー　だが実は二人で暮してた。
ケイト　もちろんよ。そうでなけりゃ、私の下着を盗むわけがないでしょ。街頭でやれると思う？

（間）

ディーリー　君がひところ誰かと一緒に部屋を借りてたのは知ってた……

(間)

しかし、それがその人だとは知らなかった。

ケイト もちろん、その人なのよ。

(間)

ディーリー まあ、どうだっていいことだ。

(アナがものを言いながら窓の方からこちらへ向きを変え、舞台手前の二人の方へやって来て、やがて二つめのソファに腰を下す)

アナ 一晩中行列をして、雨の中を、覚えてる? ほんと、アルバート・ホールだの、コヴェント・ガーデンだの、何を食べてたのかしら? 思い出してみると、真夜中まで、好きなことがしたいばかりに、そりゃ私たちあの頃は若かった、でもなんて元気、しかも朝になると仕事に出かけて、その晩は音楽会やオペラやバレーへ、忘れてはいないわね? それからバスの二階に乗ってケンジントン・ハイ・ストリートを通って、それにバスの車掌たち、それから大急ぎでマッチを探してガスをつけてたしかいり卵などを作った、それとも一緒に作ったんだった? 料理は誰がやった? 二人で笑っておしゃべりをして、二人で火にあたって、それからベッドに入って眠って、そして朝のあの大騒ぎ、また急いでバスに乗って出勤して、昼休みになるとグリーン・パークでおしゃべりする、手製のサンドウィッチを食べながら、うぶな娘たち、うぶな秘書だった二人、そしてその晩、ほんと、どれほどの楽しみが待ってたか、そうやってわくわくしてるだけで、期待感で胸を躍らせてるだけでもう、それにあんなに貧しくて、でも貧しくて若くて、娘でいるなんて、それもあの頃のロンドンで……それに私たちが見つけた喫茶店、ほとんど常連だけしか入れないような、そうだったわね? 画家や作家や時には俳優も集まる、それからダンサーが出入りするのもあった、私たちコーヒーを註文してほとんど息もつかずに坐ってたわ、頭を曲げて、人に見られないように、邪魔をしないように、目ざわりにならないように、そしてじっと聞いてた、あのみんなの話を、あのあちこちの喫茶店、あの人たち、確かに才能があったわ、今でもまだあんな風かしら? あなた知ってる? あなたご存じ?

(短い間)

ディーリー 私たち、めったにロンドンへは行かないんで。

(ケイトが立上り、小さなテーブルのところへ行って、ポットからコーヒーをつぐ)

ケイト　ええ、私は覚えてるわ。

(彼女は一つの茶碗にはミルクと砂糖を入れ、それをアナのところへもって行く。彼女はブラック・コーヒーをディーリーのところへもって行き、それから自分の分をもって腰を下す)

ディーリー　(アナに) ブランディは飲みますか？

アナ　ブランディ、頂きますわ。

(ディーリーは一同のためにブランディをつぎ、それぞれのグラスを渡す。彼は自分のグラスをもってそのまま立っている)

アナ　ねえ。なんて静かなんでしょ。いつもこんなに静か？

ディーリー　とても静かですよ、ここは、そう。普通はね。

(間)

海の音が聞えることもあります、ようく耳をすましてると。

アナ　こういう場所をお選びだなんて、ほんとにいいお考えだわ、それにお二人ともほんとに御立派で勇気がおありですわ、こんなに静かなところにずっといらっしゃるなんて。

ディーリー　私は仕事でしょっちゅうよそへ行きますよ、もちろん。しかしケイトはいつもここにいます。

アナ　こんなところに住んでたら遠くへ行く気はしないでしょう。私だってそんな気はしないわ、遠くへ行くのはこわいわ、憂慮されますもの、帰って来たら家がなくなってるんじゃないかなんて。

ディーリー　憂慮される？

アナ　え？

ディーリー　憂慮されるって言葉ですよ。長いあいだ聞いたことがありませんね。

(間)

ケイト　ときどき、私、海まで散歩するの。あまり人はいなくてね。長い海岸なのよ。

(間)

アナ　でも私、やはりロンドンが恋しくなると思うわ。もっとも、娘時代にロンドンにいたんですから。私たちどちらも、娘時代は。

ディーリー　その頃にどちらとも知合いになってたらよかったな。

アナ　本気で、そう？

ディーリー　ええ。

（ディーリーは自分のために更にブランディをつぐ）

アナ　お宅のお鍋、すてきね。

ディーリー　なんですって？

アナ　いえ、つまり、奥さんが。御免なさい。すてきな奥さんですね。

ディーリー　なるほど。

アナ　お鍋のシチューのことを言ってましたの。奥さんのお料理のことを。

ディーリー　するとあなたは菜食主義者ではないと？

アナ　あら、もちろんよ。

ディーリー　そう、田舎ではうまいものを食べなきゃもたんでしょうな、腹の足しになるものを、何しろ、ああいう空気じゃ……ほら。

（間）

ケイト　そう、私はああいったこと好きよ、ああいうことするのが。

アナ　どういったこと？

ケイト　それは、ほら、ああいうことよ。

（間）

ディーリー　料理のことかい？

ケイト　ああいうことみんな。

アナ　私たち、料理にはあまり手をかけませんでした、時間がなかったもので、でも時たまシチューをうんとどっさり出して、酒をたっぷり飲んで、それからしばしば夜半まで起きてましたわ、イェイツを読みながら。

（間）

（自分に向って）そう。時たま。しばしば。

（アナは立上り、窓のところまで行く）

それに空がほんとに穏かだわ。

（間）

あの細い光の筋が見えます？　あれが海かしら？　あれが水平線かしら？

ディーリー　あなたが住んでられるところは随分違うでしょうね。

アナ　ええ、まるで違います。私が住んでるのは火山のある島。

ディーリー　知ってますよ。

アナ　あら、そう？

ディーリー　行ったことがあります。

（間）

アナ　嬉しいわ、ここへ来られて。
ディーリー　ケイティにはいいことなんですよ、あなたに逢うのは。あまり友達がいませんから。
アナ　あなたがいらっしゃるわ。
ディーリー　家内はあまり友達をこしらえなくてね、もっとも機会ならこれまでふんだんにあったんですが。
アナ　きっとこれ以上ほしいものはないんでしょ。
ディーリー　家内には好奇心がないんです。
アナ　きっと幸福なんですよ。

（間）

ケイト　私のことを話してるの？
ディーリー　そうだよ。
アナ　この人、いつも夢をみてたわ。
ディーリー　家内は好きでね、長い散歩が。そういうことがね。ほら。レインコートを着て。脇道をどんどん、両手を深くポケットにつっこんで。そういったことがね。

（アナは向きを変えてケイトを見る）

アナ　ええ。
ディーリー　ときどき私は家内の顔を両手で支えて見つめるんですよ。
アナ　ほんとに？
ディーリー　そう、見つめるんです、両手で支えて。それから、まあつまりなすがままにさせようと、両手を離して、宙に浮いたようにするんです。
ケイト　私の頭はしっかりしてるわ。この通り、ちゃんとついてる。
ディーリー　（アナに）全く宙に浮いたようになるんですよ。
アナ　この人はいつも夢をみてたわ。

（アナは腰を下す）

ときどき、公園を歩きながら、私言いましたわ、あなたぼんやりしてる、夢をみてる、目をさましなさい、なんの夢をみてるの？　するとこの人は、髪を振りながら私の方を向いて、じっと見つめたものでした、まるで私がその夢の中に現れるみたいに。

（間）

ある日、この人が言いました、私、金曜日中ずっと眠ってたって。いいえ違うわ、そう私が言いました、いったいどういうこと？　すると、私、金曜は一日中眠ってたわ、ですって。それで私が、でも今日が金曜よ、朝からずっと金曜で、今は金曜の夜、あなた金曜日中眠ったりなんかしていないわ、と言うと、この人は、いいえ眠ってた、一日中眠ってた、今日は土曜日なのよ、ですって。

ディーリー するとなんですか、家内は文字通りその日が何曜日か分らなかったと？

アナ ええ。

ケイト いいえ分ってた。その日は土曜日だったわ。

（間）

ディーリー 今は何月だい？

ケイト 九月。

（間）

ディーリー 私たちのせいで家内はいやでも頭を使うことになる。あなたにもっとたびたびおいで願わなきゃいけませんな。その方が家内の精神衛生によろしい。

アナ でも、奥さんっていつもつき合ってて面白い方でしたわ。

ディーリー 一緒に暮せば愉快だと？

アナ それはもう、楽しくて。

ディーリー 見つめれば愛《いと》しく、知合えば楽し。

アナ ああ、あの頃の歌。私たち、よくレコードをかけましたわ、どれもこれも、しょっちゅう、夜おそく、床に寝そべって、懐しい昔の歌。時には私、この人の顔を見つめるんだけど、この人ったら、私の凝視にまるで気づかないの。

ディーリー 凝視？

アナ え？

ディーリー 凝視って言葉。あまり聞きませんね。

アナ そう、まるで気づかないんです、この人。すっかり気をとられて。

ディーリー 見つめれば愛《いと》しく、知合えば楽し、の歌にですか？

ケイト （アナに）私、その歌知らないわ。レコードがあった？

ディーリー （ケイトに向って、歌って）君は見つめれば愛《いと》しく、知合えば楽し……

アナ そりゃあったわ。もちろんよ。あの頃の歌のレコードはみんなもってたもの。

ディーリー （歌って）ブルー・ムーン、一人佇む君……

アナ （歌って）君が髪をとく手つき……

ディーリー （歌って）ああ、それはいつまでもわがもの……

アナ （歌って）ああ、されど君は愛《いと》し、その暖き微笑《ほほえ》み……

ディーリー （歌って）おいらに夢中の女がいるのさ。彼女は首ったけ。

（短い間）

アナ　（歌って）君は春のくちづけ……

ディーリー　（歌って）そしていつの日か時来れば、
ああ、君のすべてはわがもの！

（短い間）

アナ　（歌って）シャンペンでは酔えない私、
アルコールはまるで駄目、
だのに、なぜかこれほどまで――

ディーリー　（歌って）私を酔わせるあなた。

（間）

アナ　（歌って）愛しい人のまことが
なぜ分るかと聞かれて、
私はすぐに答えた、
この胸の思いこそ
確かな証拠と。

ディーリー　（歌って）愛の焔が消えれば……

アナ　（歌って）煙が目にしみる。

（間）

ディーリー　（歌って）誰もいない駅の夜更けの汽車……

（間）

アナ　（歌って）鐘が鳴った後の日暮の公園……

（間）

ディーリー　（歌って）ガルボの微笑みと薔薇《ばら》の香り……

アナ　（歌って）バーが閉る頃の給仕たちの口笛……

ディーリー　（歌って）ああ、いつまでも消えぬ君の幻……

（間）

近頃の歌はこうは行きませんね。

（沈黙）

ことの次第はつまりこういうことです。場末の汚い映画館へ『邪魔者は殺せ』を見に入ったんです。おそろしく暑い夏の午後、ただぶらぶら歩いてたんですな。その時、どうもこのへんには見覚えがあると思って、不意に思い出したのは、つまり、まさしくそのあたりで親父に初めて三輪車を買って貰ったんだということ、もっとも、三輪車をもってたのは後にも先にもそれ一台ですがね。とにかく、そこに自転車屋があって、それからこの汚い映画館で『邪魔者は殺せ』をやってて、そのロビーには女の案内係が二人立ってて、そのうちの一人は自分のおっぱいをさすってる、それからもう一人は「あばずれ」なんて言ってる、で、おっぱいをさすってる方の案内係は、すっかり気分を出して「うーん」と言いながら、もう一人の案内係を見てにこにこしてる、そこで私は、このどうしようもなく暑い夏の午後、どことも知れぬ場末の映画館へずかずかと入って行って、『邪魔者は殺せ』を見て、こう思ったんです、ロバート・ニュートンは凄い役者だと。今でも、凄い役者だったと思ってます。あの役者のためなら、人を殺したっていい、そう、今でも。で、その時、映画館には、客は他に一人しかいなかった、他にただ一人です、映画館を隅から隅まで眺め渡しても、それがこの家内です。そしてその時家内は、きわめて影薄く、きわめておとなしく、ほぼ大体のところは、客席のまさにど真中に坐っていました。私は中心から外れて、未だに外れっぱなしです。やがて映画が終るに及んで私は立上り、ジェイムズ・メイソンが死んだとはいうものの、第一の案内係がすっかり疲れた様子をしてるのにはちゃんと気づきながら映画館を出て、そう、何か考えながら日光を浴びてしばらく立っていると、そこへこの娘が出て来て、確かあたりを見まわしたと思います、それで私が言いました、ロバート・ニュートンは凄かったじゃありませんか、すると娘は何か言いました、何だかはっきりしないことを、とにかく私をじっと見てる、そこで私は思ったんです、やったぜ、これだ、ついに女をひっかけた、大当りとはこのことだ、そして喫茶店へ入って紅茶を註文すると、その娘が茶碗をのぞきこみ、それから顔を上げて私を見て、こう言いました、ロバート・ニュートンってすてきですわね。だから私たちはロバート・ニュートンによって結ばれたんです、そしてロバート・ニュートンただ一人です、二人の仲を割くことができるのは。

(間)

アナ　F・J・マコーミックもよかったわ。

ディーリー　そう、もちろん、F・J・マコーミックもよかった。しかし、私たちを結びつけてはくれなかった。

(間)

するとあの映画を見たことがあるんですね。

アナ　ええ。

ディーリー　いつ頃?

アナ　さあ……ずっと昔に。

(間)

ディーリー　(ケイトに)覚えてるかい、あの映画?

ケイト　ええ。ようく覚えてる。

（間）

ディーリー　正確な事実経過はおよそこういうことになるでしょう、次に逢った時、私たちは手を握り合いました。私は横を歩いてる娘の冷い手を握って、何か言ったら娘がにっこり笑って、私を見て――確かそうだったね？――髪をうしろへ振ったんです、そこで私は思いました、この子はロバート・ニュートンよりまだ凄いやって。

（間）

それからさらに少々段階が進んで、二人の裸体が一つになりました、家内の身体は、冷くて、暖くて、すっかり燃え立って、そこで私は考えました、ロバート・ニュートンがこれを知ったらどう思うだろうって。これをロバート・ニュートンはどう思うだろうと考えながら、私は家内の身体を念には念を入れて一面にさわりまくったんです。（アナに）ロバート・ニュートンはどう思ったと思います？

アナ　私、ロバート・ニュートンには逢ったことがありませんけど、おっしゃることはよく分りますわ。起らなかったかも知れないけど覚えてることってありますものね。起らなかったかも知れないけど私が覚えてることがあって、それを思い出せばその通り起ったことになるんです。

ディーリー　なんですって？

アナ　私たちの部屋で泣いてたこの男のこと。ある晩遅く帰って来たら、この男がしくしく泣いてたんです、手を顔に当てて、肱掛椅子に坐って、肱掛椅子にぐったり坐りこんで、そしてケイティはコーヒー茶碗をもってベッドに腰掛けてて、誰も私にものを言わないんです、誰ももの を言わない、顔も上げない。私、どうしようもないでしょう。服を脱いで、あかりを消して、自分のベッドに入りましたけど、カーテンが薄くて、外の光が入って来るんです、ケイティはじっとベッドにかけてる、男の人はしくしく泣いてる、光が入って来て、壁にちらちら当って、ちょっと風が吹いて、カーテンがときどきゆれて、聞えるのはただすすり泣きだけ、それが急にやんだんです。その男がすばやく私のところへやって来て、私を見下したんですけど、私、かかわり合う気はまるでありませんでした、ほんとにまるで。

（間）

いえ、そうじゃない、すっかり間違ってるわ、私……その人、すばやくやって来たりはしません……それは間違い……その人は……とてもゆっくりやって来て、暗くて見えなかったけど、それから立停りました。部屋の真中に立ってるんです。そして私たち二人を、二人のベッドをどちらも、見たんです。それから私の方を向いて、私のベッドに近づいて来て、私の上にかがみこみました。だけど私、かかわり合う気はまるでありませんでした、ほんとにまるで。

（間）

ディーリー　どんな男でした？

アナ　でもしばらくしたら、男が出て行くのが聞えました。玄関の戸が閉るのが聞えて、通りに足音がして、それから静かになって、それから足音が遠ざかって、それから静かになったんです。

（間）

でもその晩もう少したって目がさめて、部屋の向うを見たら、この人のベッドに人が二人いたんです。

ディーリー　男が戻って来てたんだ！

アナ　この人の膝のところに身体をのせて、ベッドに寝てました。

ディーリー　暗闇で男が家内の膝に身体をのせてたって？

（間）

アナ　ところが次の朝早くには……もうその人いなかったんです。

ディーリー　やれやれ。

アナ　まるでその人、初めからいなかったみたい。

ディーリー　もちろんいたに決ってます。二度出て行って、一度入って来たんです。

（間）

いや、まったく面白い話でした。

（間）

どんな顔をしてました、そいつは？

アナ　あら、私、顔ははっきりは見てませんのよ。分りませんわ。

ディーリー　でもその男は——？

（ケイトが立上る。彼女は小さなテーブルのところまで行き、箱から煙草を一本とって火をつける。彼女はアナの方を見下す）

ケイト　あなたの話しぶりだと、私はまるで死んでるみたい。

アナ　いいえ、あなたは死んでなんかいなかったわ、とても生き生きして、とても元気で、いつもよく笑って——

ディーリー　それはそうだとも。君を笑わせたのはこの僕だ、そうだろう？　手をつないで、通りを歩きながら。

君はどうしようもないほど笑ってたもんだ。

アナ　そう、この人はほんとに……生き生きしてたことがあった。

ディーリー　生き生きなんてもんじゃない。笑ってる時の家内は……どう言えばいいのかな？

アナ　眼がきらきら輝いてた。

ディーリー　その通り、私でもそううまくは言えません。

（ディーリーは立上り、煙草の箱のところへ行き、それを取上げて、ケイトに笑いかける。ケイトは彼を見、彼が煙草に火をつけるのをじっと見つめ、彼から箱を取り、舞台を横切ってアナのところへ行き、彼女に煙草をすすめる。アナは煙草を一本とる）

アナ　あなたは死んでなんかいなかったわ。一度も。どんな意味でも。

ケイト　私が言ったのは、あなたの話しぶりだと私はまるで今死んでるみたいだってことよ。今。

アナ　どうしてそんなことが言えて？　どうしてそんなことが言えて、こうして私が今あなたを見てるのに、あなたがこんなに恥かしそうに身をかがめて私を見てるっていうのに——

ディーリー　やめてくれ！

（間）

（ケイトは腰を下す。ディーリーは酒をつぐ）

ディーリー　私の方はその頃は学生でね、将来をあれこれ考えながら、いったいおれは、やっとおむつがとれたばかりの貧相な小娘を背負いこんじまっていいもんだろうかなんて思ってました、何しろこの娘のいいところはただ一つ、口数が少いことだけ、およそ尻がすわらない、腰が落着かない、要するにその日その日の風まかせ、あなたまかせ、と言っても、文字通り風向きに応じて変るわけじゃない、まして、その時その時の私の風向きに従うなんてことはもちろんない、ただ自分にしか分らない風向きに従って、ということはつまりおよそ何も分らずに、ということは少くとも私に分る風向きに応じてじゃなく、というのが少くともその頃の私の感じでした。こいつは古典的女性像だ、と私は自分に言いましたね、それとも古典的な女性のポーズか、どっちにしろおよそ時代おくれだと。

（間）

その頃は二人の関係がそんな風に見えたんです。つまり、こういう断定的判定を私は二人の関係について下したんだ、その頃に。二十年前に。

（沈黙）

アナ　ケイティが結婚したって聞いて、私、心の底から嬉しくなりましたわ。

ディーリー　どこからそれが伝わったんです。

アナ　友達から。

（間）

そう、心の底から嬉しくなりました。だって、この人は決して無茶な、いい加減な、向う見ずなことをする人じゃないって、分ってましたもの。人によっては川に石を投げて、飛びこむには水が冷すぎるかどうか調べてみたりしますわね、でも、小波《さざなみ》が立つまで必ず待ってから飛びこむような人もいますわ、少しだけどいますわ。

ディーリー　人によっては、なんですって？（ケイトに）この人、なんて言った？

アナ　そしてケイティは、小波が、立ち始めるまでどころか、表面全体にずうっと拡るまで必ず待つような人でしたもの、だって、ほら、表面に小波が立つようなら、つまり、川の底まで一粒一粒、水がきらきら光ってることになりますでしょう、でも、それが分っても、間違いなくそうだってことが分っても、まだこの人は飛びこまずにいたりしました。ところが、その時に限って飛びこんだんですから、これはほんとに恋をしたんだと思って、嬉しかったんです。そして、あなたの方にも同じことが起ったに違いないと思いました。

ディーリー　小波のことですか？

アナ　そう言ってもいいわ。

ディーリー　人間も小波を立てるんですか。

アナ　ええ、人によっては。

ディーリー　なるほど。

（間）

アナ　その後で、あなたがどんな方か知ると、余計に嬉しくなりましたわ、だってケイティはいつも芸術に興味をもってましたもの。

ケイト　私、芸術に興味をもってたことはあったけど、どの芸術だったかもう思い出せないわ。

アナ　まあ、まさか一緒にテイト・ギャラリーへ行った頃のこと、忘れてはいないでしょう？　それに、ロンドン中を探って歩いたことも、古い教会だの古い建物だの、ほら、空襲で焼けないで残ってたのを、シティや、テムズ川の南のランベスやグリニッジまで出かけて。ああ、よくもあれだけ。ほんとにそう。それに、日曜新聞！

この人ったら、文化面を読み出したら、何を言っても聞かないの、夢中で隅から隅まで読んで、それから、どこそこの画廊へ行こうとか、どの芝居を見ようとか、どの室内楽のコンサートを聞こうとか言い出しましてね、でもあまりいろいろありすぎて、あの頃の懐しのロンドンには見るものや聞くものがありすぎて、時にはどうしても行けなかったり、それから、お金が足りなくなって見られなかったりしましたけど。たとえば、ある日曜のことでした、この人が新聞から顔を上げて、私に、言ったんです、行きましょう、早く、さ、早く、一緒に行きましょう、早く、そこで私たちはすぐにハンドバッグをもって、バスに乗って、どこだかほんとの場末の、ほんとにまるで見たこともないところまで行って、他にほとんどお客のいない映画館で、すてきな映画を見たんです、『邪魔者は殺せ』という。

（沈黙）

ディーリー　そう、私のような仕事をしてると、随分よく旅行をしますよ。
アナ　お楽しみで？
ディーリー　そりゃもう。すごく。
アナ　遠くまでいらっしゃる？
ディーリー　地球上どこでもね、こういう仕事をしてると。

アナ　じゃかわいそうにケイティは、お留守の間——何をしてるの？

（アナはケイトを見る）

ケイト　それは、まあふだんと同じに。
アナ　御主人、長い間留守になさるの？
ケイト　そうね、時には。そうかしら、あなた？
アナ　奥さんをそんなに長い間ほうっておくんですか？よくもまあ。
ディーリー　こういう仕事をしてると、随分旅行をしなきゃいけないんですよ。
アナ　（ケイトに）御主人がお留守の時は、私が出て来て一緒にいてあげなきゃいけないわ。
ディーリー　あなたの御主人が淋しがられるんじゃありませんか？
アナ　それはもちろん。でも、分ってくれるでしょう。
ディーリー　今度のことも、分ってらっしゃるんで？
アナ　ええ、もちろん。
ディーリー　御主人のために肉ぬきの料理をこしらえてたんですよ。
アナ　主人は菜食主義者じゃありません。と言うより、実はちょっとした食道楽でね。私たち、割合ましな屋敷に住んでるんです、何年も前から。とても高いところにあるんですよ、崖の上の。
ディーリー　食事も高いところでなさるわけで?
アナ　そういうことになりますね。
ディーリー　そう、私、シチリアはちょっと知ってるんです。ほんのちょっとですが。タオルミナね。お宅はタオルミナですか?
アナ　そのすぐ外れです。
ディーリー　すぐ外れ、なるほど。とても高いところで。そう、お宅の屋敷は見たことがあるような気がしますよ。

(間)

仕事でシチリアへ行ったんです。私の仕事からいたしますと、ありとあらゆる地方の生活とかかわりが出て来る、そう、地球上いたるところの。地球上のあらゆるところの人々と。地球という言葉をこの際使いますのは、つまり世界という言葉には、情緒的・政治的・社会学的かつ心理学的に独特の気取りないしニュアンスがこもってるからで、そいつはできることなら私は御免こうむりたい、と言うより、縁を切りたいと申しましょうか、と言うより、排撃したいと申しましょうか。ヨットはどんな具合?
アナ　ああ、上々よ。
ディーリー　船長、そいつをまっすぐ走らせてくれるの?
アナ　いくらでも思いのまま、私たちがそう思えば。
ディーリー　どう、イギリス、湿気が多いと思いませんか、帰って来ると?
アナ　なかなかうっとりするほどそうのようですね。
ディーリー　なかなかうっとりするほどそう?　(自分に向って) いったいどういう意味なんだよ、それは?

(間)

それじゃ、御主人がこのあたりへおいでの節はいつなりと、愚妻が鍋をガスこんろにかけまして、腕をふるいました手料理を喜んで差上げますよ、なんとかお口に合うものを、官能をくすぐるとまでは行かずとも。どうぞお心おきなく。

(間)

つまりなんですな、御主人はお仕事の都合でおいでにはなれなかったと。お名前はなんとおっしゃるんで?　ジャン・カルロ、それともペル・パウロ?
ケイト　(アナに) 床は大理石でできてるの?
アナ　そうよ。
ケイト　そこを裸足で歩くわけ?
アナ　そう。でも私、テラスではサンダルをはくわ、かかとにこたえるもの。

ケイト　太陽のこと？　熱さが？
アナ　そう。
ディーリー　シチリアの仕事の時のスタッフはよかったな。カメラマンが優秀でね。アーヴィング・シュルツ。その方じゃトップですよ。黒い服の女たちのなかなか厳しい感じのショットがとれました。黒い服の小柄な婆さんたちの。私は自分でシナリオを書いて自分で演出したんです。私、オーソン・ウェルズと申しますんで。
ケイト　（アナに）朝はテラスでオレンジジュースを飲んだりするの、日暮にはおしゃべりしながら海を眺めたり？
アナ　そうね、時には。
ディーリー　実のところ、私はこの仕事じゃトップクラスでね、実のところは、というわけで、センスがあって話が面白い人なら随分と逢ってますよ、つまりそれは、主としてありとあらゆるたぐいの娼婦ですが。
ケイト　（アナに）それで、シチリアの人たちは好き？
ディーリー　シチリアなら行ったことがある。これ以上見るものはないよ、これ以上探るものはないんだ、何もない。シチリアにはこれ以上探るものはないんだ。
ケイト　（アナに）シチリアの人たちは好き？

（アナは彼女を見つめる。沈黙）

アナ　（静かに）今夜は出かけるのよしましょう、今夜はどこへも行かないで、家にいましょう。私、何か食べるものを作るわ、あなたは髪を洗って、楽にしてればいい、一緒に何かレコードをかけましょう。
ケイト　さあ、そうね。出かけてもいいんだけど。
アナ　なぜ出かけたがるの？
ケイト　公園を抜けてもいいわ。
アナ　公園は夜は汚いわ、変な人がいろいろいて、木の蔭には男の人が隠れてるし、いやな声を立てる女の人がいるし、あなたが通ると叫ぶのよ、それに木や茂みの蔭から不意に人が出て来るし、どこへ行っても人の影が見えるし、それに警官がいるし、だから散歩したっていやな気分になるだけよ、それに表通りの人や車、あの騒音、それからホテル、どうせいやなものよ、ホテルのドアからなかをのぞいて見るのは、いやなものよ、なかの様子なんて、ロビーで光に照らされてしゃべったり歩きまわったりしてる人たちなんて……それにあのシャンデリア……

（間）

どうせ、出かけたって、帰って来たくなるだけだわ。早く帰りたいと思うわ、家へ……自分の部屋へ……

（間）

ケイト　じゃ、どうするの？
アナ　家にいるのよ。本を読んであげようか？　どう？
ケイト　分らないわ。

（間）

アナ　お腹がすいた？
ケイト　ううん。
ディーリー　腹がへっただと？　あれだけシチューを食っておいて？

（間）

ケイト　明日はどの服を着ようかしら？　決められないわ。
アナ　緑のにしなさい。
ケイト　うまく合う上着がないわ。
アナ　あるわよ。トルコ石色のブラウスがあるじゃないの。
ケイト　あれで合うかしら？
アナ　ええ、合うわ。もちろん合うわ。
ケイト　じゃ、あれにしてみる。

（間）

アナ　誰かをよんでほしい？
ケイト　誰を？
アナ　チャーリー……それとも、ジェイクかな？
ケイト　私、ジェイクは嫌い。
アナ　じゃ、チャーリー……それとも……
ケイト　誰？
アナ　マッケイブ。

（間）

ケイト　お風呂の中で考えてみるわ。
アナ　お風呂のお湯、入れておいてあげようか？
ケイト　（立上りながら）いいえ。今夜は自分でする。

（ケイトはゆっくりと寝室のドアのところまで歩いて行き、部屋から出、ドアを閉める。
ディーリーはアナを見ながら立っている。
アナは彼の方に顔を向ける。

二人は見つめ合う）

（照明消える）

第二幕

（寝室。
中央奥に細長い窓。上手奥に浴室へのドア。下手奥に居間へのドア。

寝椅子二つ。肱掛椅子一つ。

寝椅子二つと肱掛椅子との位置関係は、第一幕における家具の位置関係と全く同じだが、ただ配列が逆になっている。

弱い光。アナが寝椅子に腰かけているのが見える。浴室のドアのガラスのパネルからかすかな明りが洩れている。

沈黙。

照明が明るくなる。もう一つのドアが開く。ディーリーが盆をもって入って来る。

ディーリーが部屋へ入って来て、盆をテーブルにおく）

ディーリー　さあ、どうぞ。うんと熱いのをいれて来ました。うんと濃くて熱いのを。クリームと砂糖を入れるんですね？

アナ　ええ。

ディーリー　（注ぎながら）うんと濃くて熱くてクリームと砂糖入り、と。

（彼は彼女に茶碗を渡す）

この部屋、いいでしょう？

アナ　すてきだわ。

ディーリー　私たちの寝室です。これとこれがベッドです。このベッドが凄いのはですね、どんな風にでも並べられるってことなんですよ。二つを離してもいい、ちょうど今みたいに。直角に並べてもいいし、交差させてもいいし、足と足をつけても眠れるし、頭と頭でもいいし、横に並べてもいい。脚に車がついてるもんで、どうにでもなるってわけです。

（彼はコーヒーをもって腰を下す）

そう、あなたのことはよく覚えてますよ、旅人《ウエイフエアラーズ》の頃から。

アナ　なんですって？
ディーリー　旅人亭《ウエイフェアラーズ・タヴァン》ですよ、ブロンプトン・ロードの外れの。
アナ　それはいつのこと？
ディーリー　ずっと昔。
アナ　そんな筈ないわ。
ディーリー　いいえ、あれは確かにあなただった。私は人の顔は決して忘れないんです。あなたはしじゅう来て隅に坐ってた、一人だったこともあるし、連れがいたこともある。そのあなたがここにこうして、田舎の私の家に来てる。同じあなたが。嘘みたいですな。ルークって男がよくあの店へ通ってました。知合いだったでしょう。
アナ　ルーク？
ディーリー　大男で、赤毛で、髭も赤毛の。
アナ　どうも覚えがありませんわ。
ディーリー　ほんとに、いろいろいましたね、詩人だの、映画のスタントマンだの、競馬の騎手だの、コメディアンだの、そういった連中ですよ。あなたはよくスカーフをつけてた、そうだ、黒いスカーフを、それに黒いセーター、それにスカート。
アナ　私が？
ディーリー　それに黒いストッキングだ。忘れたとは言わせませんよ、あの店のことを。名前は忘れたかも知れないけど、あのパブは覚えてる筈だ。あなたはサルーン・バーの花形だった。
アナ　私、お金持じゃなかったんですよ。お酒を飲むお金なんてありませんでしたわ。
ディーリー　男が一緒に来てたから、あなたが払う必要はなかった。ちゃんと面倒を見られてたってわけだ。私も二、三杯おごってあげたことがありますよ。
アナ　あなたが？
ディーリー　えええ。
アナ　嘘よ。
ディーリー　ほんとですよ。はっきり覚えてます。

（間）

アナ　あなたが？
ディーリー　あなたに酒をおごったんですよ。

（間）

二十年……ほど、前に。
アナ　すると、私たちは前に逢ってるとおっしゃるの？
ディーリー　もちろん逢ってますとも。

（間）

前にも話をしたことがあります。たとえばあのパブで。

隅の方で。ルークはあまりいい顔をしなかったけど、私たちはほうっておきました。そのあと、みんなでパーティへ行きました。誰かのアパートへ、ウェストボーン・グローヴにある。あなたはとても低いソファに腰かけてた、私は反対側に腰かけて、あなたのスカートの中をのぞいてた。黒いストッキングの黒が強烈でしたよ、というのは、あなたの太股がとても白かったもんで。そういうことはもちろんもうすべてすんだことです、そうでしょう、今じゃその時のぞくぞくした気持なんて消えてしまってる、すっかり。でも、その時は嬉しかった。その晩はそれが嬉しかった。私はただビールをちびちび飲みながら坐って、そう、凝視してた……凝視してたんだ、あなたのスカートの奥を。あなたはいやがったりはしなかった、私の凝視がいかにも結構という顔をしてた。

アナ　私があなたの凝視に気づいてたって？

ディーリー　みんなは大論争をやってましてね、中国だかなんだかについて、それとも死についてだったかな、それとも、中国と死の両方か、そのへんは覚えてませんがね、しかし私だけでした、太股と太股がふれ合うところを見てたのは、満座の中でただあなた一人、太股と太股をふれ合わせてた。そのあなたがここにいる。同じ女性。同じ太股。

（間）

そうです。それからあなたの友達が一人入って来ました、女です、女友達です。あなたと並んでソファに腰を下すと、二人でしゃべってくすくす笑い出した、並んで坐りながら、そこで私は一段と低く構えて、二人を凝視することにしました、二人の太股を、ぶつぶつぺちゃくちゃやりながらあなたは見られてるのに気がついてる、もう一人は気がついてない、ところがその時、どっとばかり男どもが私を囲み、死についてだか中国についてだか、それとも、なんだか忘れたけど、私の意見を聞くんです、そして、私をほうってはおかずにこちらへかがみこんで来る、そこで連中の臭い息、かけた歯、鼻毛、それに中国、それに死、それに私の椅子の肱掛にのってる連中の尻、もう私はたまらなくなって立ち上って、連中をかき分けて進もうとすると、連中は、まるで私が論争の原因だと言わんばかりに凄い剣幕でついて来る、私はもうもうたる煙を通してふり返りながら、急いでリノリウム張りのテーブルのところへ行って、もう一瓶、たっぷりビールを頂こうとする、そして煙の向うをふり返ると、娘が二人ソファにかけてる、一人はあなただ、二人で顔を寄せてささやき合ってる、ただしもう何も見えない、ストッキングも太股も見えない、と思うと、あなた方は行ってしまった。私はソファのところまでふらふらと戻りました。でももうそこには誰もいませんでした。私は尻がつけた四つのくぼみを凝視していました。その中の二つはあなたのものだったのです。

（間）

アナ　私、こんな悲しいお話伺うの初めて。
ディーリー　全くだ。
アナ　どうもすみませんでした。
ディーリー　いや、いいんですよ。

（間）

あなたには二度と逢わなかった。あのへんから消えてしまいましたね。引越しでもしたんですか。
アナ　いいえ。しません。
ディーリー　旅人亭《ウエイフエアラーズ・タヴァン》では二度と逢わなかった。どこにいたんですか？
アナ　さあ、それは、音楽会だとか、バレーだとか。

（沈黙）

ケイティ、随分ゆっくりお風呂に入ってるわ。
ディーリー　そりゃあなた、あれが風呂に入るとどんな風か、ご存じでしょう。
アナ　ええ。
ディーリー　心から楽しむんです。ゆっくり時間をかけて。
アナ　そうですわね。
ディーリー　おそろしく時間をかけて。快感に浸りきるんです。身体中にたっぷり石鹼を塗って。

（間）

文字通り全身これ石鹼まみれになって、それからその石鹼を洗い落すんです、泡を一つまた一つと。細心の注意をこめて。家内はね、念入りであるのみならず、そう、あえて言えば、神経過敏でもある。自分の身体を隅から隅まで洗い清めて、その結果、ぽっかりと抜け出たように、清潔になって現れる。そう思いませんか？
アナ　とても清潔、ね。
ディーリー　全くです。しみ一つない。汚れの痕一つない。この世ならぬもののように輝いてる。
アナ　そう、なんだか宙に浮いたように。
ディーリー　え？
アナ　宙に浮いたように、お風呂から出て来るのよ。まるで夢のように。こちらに誰かが立ってても気づかない、タオルをもって待ってるのに、タオルでくるんであげようと思って待ってるのに。すっかり気をとられてるのよ。

（間）

タオルで両肩を包まれるまでは。

（間）

ディーリー　もちろんあれは身体をちゃんと拭く段になるとまるで駄目でね、あなた、気がつきましたか？　なるほど、汚れをこすり落すのは申し分ないけれども、果して同程度に効果的に濡れをこすり取ることができるのであろうか。私が自らの経験から得た結論に従えば、そういうことは言えないのであるということになる。事実としては、必ずどこかに意外にも予想外にもいまいましくも水滴が少々ばかり滴り落ちてるということになる。

アナ　あなたが御自分で拭いてあげたら？

ディーリー　そうしろとおっしゃるんで？

アナ　あなたならきっとお上手だわ。

ディーリー　バスタオルで、ですか？

アナ　無理でしょ、ぬきでは？

ディーリー　ぬきでは、とは？

アナ　それぬきで、拭けます？　バスタオルぬきで？

ディーリー　さあ、それは。

アナ　じゃ、御自分で拭いておあげなさいよ、バスタオルで。

（間）

ディーリー　あなたが拭いてやったらどうです、バスタオルで？

アナ　私が？

ディーリー　あなたならきっとお上手だ。

アナ　いいえ、駄目。

ディーリー　ほんとに？　だってあなたは女でしょう、だから分るでしょう、どんな風に、どこに、またどの程度の密度をもって、女の身体に水分がたまるものか。

アナ　女の身体は一人一人違うのよ。

ディーリー　なるほど、それはその通りだ。

（間）

いい考えがあります。私たち二人で、パウダーを使ってやったらどうでしょう？

アナ　それがいい考え？

ディーリー　じゃありませんか？

アナ　風呂上りにパウダーをつけるなんてこと、ありふれてるわ。

ディーリー　風呂上りにパウダーをつけるのはありふれてる、しかし、ひとにパウダーをつけて貰うのは全然ありふれていない。それとも、ありふれてますか、それも？

少くとも、私が育ったところじゃ、こいつはありふれてませんよ。うちの母なら卒倒するでしょう。

(間)

よろしい。こうしましょう。私がやります。全部私がやります。タオルもパウダーも。なんといったって、私はあれの夫なんだ。ただし、あなたにはずっと傍で見ていて貰いましょう。そうしながら、男には絶対に分らないつぼを教えて下さればいい。こいつはまさに一石二鳥ですよ。

(間)

(自分に向って) なんてことだ。

(彼は彼女をゆっくり見る)

あなたはかれこれ四十でしょう、もうそろそろ。

(間)

今かりに旅人亭《ウエイフエアラーズ・タヴアン》へ入って行って、あなたが隅に坐っているのを見ても、分らないでしょうな。

(浴室のドアが開く。ケイトが寝室へ入って来る。彼女はバスローブを着ている。

彼女はディーリーとアナに向って微笑みかける)

ケイト (心地よさそうに) あああ。

(彼女は窓のところまで歩いて行き、夜の戸外を見る。ディーリーとアナは彼女を見つめる。

ディーリーが静かに歌い始める)

ディーリー (歌って) 君の帽子のかぶり方……

アナ (静かに歌って) お茶を飲む君の素振り……

ディーリー (歌って) あれもこれも忘れ難く……

アナ (歌って) ああ、それはいつまでもわがもの……

(ケイトは窓からこちらに向きを変えて、二人を見る)

(歌って) 君の微笑みの輝き……

ディーリー (歌って) 調子外れの君の歌……

アナ (歌って) わが夢に現れる君の姿……

ディーリー (歌って) ああ、それはいつまでもわがもの……

(ケイトは舞台手前の彼等の方へ歩いて来て、微笑しながら立つ。アナとディーリーはまた歌い出す、これまでよりも間合いをおかずに、そしてこれまでよりもお座なりに)

アナ (歌って) 君がナイフをもつ手つき——

ディーリー　（歌って）三時まで続いた二人の踊り――
アナ　（歌って）わが人生を変えた君――
ディーリー　ああ、それはいつまでもわがもの。

（ケイトは寝椅子に腰を下す）

アナ　（ディーリーに）この人、ほんとに綺麗ですわね。
ディーリー　ほんとにね。
ケイト　有難う。さっぱりしたわ。このへんの水はとてもやわらかなのよ。ロンドンよりもずっとやわらか。ロンドンの水はとても硬いようにいつも思うわ。そのせいもあるのね、田舎に住むのが好きなのは。何もかも、ロンドンよりやわらかだわ。水も、光も、もののかたちも、音も。あまり激しい感じじゃないの、ここでは。それに、海の傍に住んでるってこともそうね。どこに境目があるのか分らない。そこが好きよ、私は。はっきりした線はいやなの。嫌いだわ、なんだかせき立てられるようで。私、できたら東洋へ、どこかそういったところへ行きたいな、どこかうんと暑いところよ、蚊帳を吊って横になってゆっくり息をしてられるようなところ。ほら……テントから眺めると砂浜が見えるような、そういう感じのところ。大都会がいいのは、雨が降ったら何もかもぼやけてしまうってことだけね、自動車のライトもぼやけてしまう、そうでしょう、それから目もぼやけて、まつ毛には雨が溜ってる。それだけよ、大都会のいいところは。
アナ　それだけじゃないわ、いいところは。気持のいい部屋だの、気持のいいガスストーヴだの、暖いガウンだの、おいしくて暖い飲物だの、そんなものがみんな、帰りを待っててくれるのよ。

（間）

ケイト　今は雨が降ってる？
アナ　いいえ。
ケイト　いいの、今夜はやはり出かけないことにしたから。
アナ　よかった。嬉しいわ。さあ、それじゃ湯上りに濃いコーヒーはどう？

（アナは立上り、コーヒーのところへ行ってそれを注ぐ）

あなたの黒い服のへりを縫ってもいいわ。仕上げてあげるから、着てみてね。
ケイト　うん。

（アナは彼女にコーヒーを渡す）

アナ　それとも、本を読んであげてもいい。
ディーリー　身体をちゃんと拭いたかい、ケイト？
ケイト　そのつもりだけど。
ディーリー　大丈夫かい？　身体中？

ケイト　そう思うわ。すっかり乾いてると思うけど。
ディーリー　間違いないかい？　濡れた身体でそこいらじゅうに坐られたんじゃかなわないね。

（ケイトは微笑する）

ほら、あの笑い方。あんな風ににっこり笑ったんですよ、私と一緒に通りを歩いてた時にね、『邪魔者は殺せ』の後で、いや、そのずっと後で。
あなたどう思いました、あの笑い方？
アナ　とても綺麗ですわ。
ケイト　まだ笑ってるわ。
ディーリー　もう一度笑ってごらん。
ディーリー　それは違う。それはついさっきの笑い方じゃない。あの時の笑い方じゃない。
（アナに）分りますね、私が言ってる笑い方は？
ケイト　このコーヒー、さめてるわ。

（間）

アナ　あら、御免なさい。いれ直すわ。
ケイト　いいの、もういらないから。

（間）

チャーリーはやって来るの？
アナ　なんならあの人に電話してもいいけど。
ケイト　マッケイブはどうなの？
アナ　あなた、ほんとに誰かに逢いたいの？
ケイト　私、マッケイブは好きじゃないわ。
アナ　私も。
ケイト　変よ、あの人。とても変なことを私に言うの。
アナ　どんなこと？
ケイト　それは、いろんなおかしなことよ。
アナ　私、あの人はずっと嫌いだった。
ケイト　でもダンカンはいい人よ、そうね？
アナ　ええ、そう。
ケイト　私、あの人の詩が大好き。

（間）

でも、私がいちばん好きなの、誰だと思う？
アナ　誰？
ケイト　クリスティ。
アナ　あの人はすてき。
ケイト　とてもやさしいわ、そうでしょ？　それにあのユーモア。すてきなユーモアのセンスがあるわ、あの人。それから、とても……敏感だわ。ねえ、あの人をよびましょうよ。
ディーリー　それが駄目なんだ。町にいない。

ケイト　まあ、残念。

（沈黙）

ディーリー　（アナに）イギリスにいる間に他に誰か訪ねてみるつもりですか？　親戚とか、いとことか、兄弟とか。

アナ　いいえ。知合いは一人もいませんの。ケイトの他には。

（間）

ディーリー　家内は以前と変ってますか？

アナ　そう、ほんの少し、大してじゃありません。（ケイトに）あなた今でも内気ね、そうでしょう？

（ケイトは彼女を見つめる）

（ディーリーに）でも、初めて知合った頃のこの人ったらおそろしく内気でしたわ、まるで子鹿みたいに内気でした、ほんとに。人に話しかけられると、さっと自分のまわりに垣根を作ってしまうもんで、まだものを言おうと思えば言えるところにいるのに、もうどうしても近づけないの。自分と他の人たちの間に垣根を作ってしまうもんだから、話しかけることも、ふれてみることもできなくなるの。きっと育ちのせいなんだと私は思いました、牧師の娘ですもの、実際この人にはブロンテみたいなところが随分ありましたわ。

ディーリー　家内は牧師の娘だったんですか。

アナ　でもね、ブロンテみたいと言っても、情熱的なところが似てるというんじゃなくて、打解けないところ、頑として心を開かないところだけよ。

（短い間）

覚えてるわ、この人が初めて赤くなった時のこと。

ディーリー　なんですって？　どうしたんです？　つまり、なぜだったんです？

アナ　私が、パーティに出かけるのに、この人の下着を借りたんです。その晩あとで、私、白状しましたわ。私が悪かったんですもの。そしたら、この人、私をじっと見つめて、当惑顔と言うんでしょうね。でも私言いましたわ、悪いことはできないもんで実はちゃんと報いがあったって、つまり、パーティで男の人が一晩中私のスカートの中をのぞいていたって。

（間）

ディーリー　それを聞いて家内が赤くなった？

アナ　ええ、真赤に。

ディーリー　あれの下着をはいてるあなたのスカートの中をのぞくか。ふむ。

アナ　でもその晩からときどき、この人、私に下着を貸してやるって言うようになりましてね——私よりもたくさんもってたし、種類だってずっといろいろ——そして、そう言うたびに、この人、赤くなるの、でもやはり貸してやるとは言うのね。それから、私が戻って来て、何か話があると、何か面白い話があると、この人に話して聞かせたわ。

ディーリー　すると、これは赤くなったと？

アナ　それは分らなかったの。私がおそく帰って来ると、この人は電気スタンドをつけて本を読んでる、そこで私が話を始めると、この人は必ず、駄目、あかりを消してちょうだいって言って、だから、暗闇で話をすることになるのね。暗闇で話をされる方がいいって、この人言うのよ。でも、全くの暗闇ってわけじゃない、ガスストーヴのあかりがあるし、カーテンごしに入って来る光もあるし、それに、この人は知らなかったことだけど、私にはこの人の好みが分ってたから、私、話をする時には、こちらの顔は見えないけど、こちらから向うの顔は見える場所に坐ることにしてたんですよ。この人には私の声が聞えるだけだった。だからこの人は私の話を聞いてた、そして私は、私の話を聞いてるこの人を見てたんです。

ディーリー　なんだか理想的な夫婦関係みたいだな。

アナ　私たち、大の仲良しでしたわ。

（間）

ディーリー　さっき、家内は打解けないところがブロンテみたいだけど、情熱的なところは違うと言いましたね。じゃどんな風だったんです、家内は、情熱的になると？

アナ　それはあなたの領分でしょう。

ディーリー　それは私の領分でしょうって？　そうとも、全くもってその通りだ。それは私の領分だ。嬉しいね、僅かなりともたしなみを見せてくれる人がやっと現れたとは。もちろんそれは私の領分に決ってる。私はこれの夫なんだから。

（間）

いいですか、私は伺いたいと思うんです。私の他にはどなたも、こいつはたしなみに欠けると思ってはおられないのかどうか。

アナ　でも、たしなみに欠けるって、いったい何が？　私がローマから飛行機でやって来たのは、二十年ぶりにいちばん古い友達に逢うため、それからその御主人にも。それがどうしていけませんの？

ディーリー　私がいけないと思うのは、あなたの御主人が馬鹿でかい邸でひとりでぶつぶつ言いながら、僅かに二つか三つのゆで卵か何かでかつかつの暮しをしてること、これです、それに英語は一言もしゃべれないと来てる。
アナ　私が通訳しますわ、必要な時には。
ディーリー　そう、でもあんたはここにいる、私たちのところに。旦那はあっちだ、一人ぼっちで、テラスをうろうろしながら、モーターボートを待ってる、せめてモーターボートから美しき人々がこぼれてくれないものかと。美しき地中海の人々だ。例のああいう手合を待ってるんだ、こちとらはまるで知らない優雅な手合、こちとらにはおよそ縁がないほっそりした胴体のコート・ダジュール風美人、こちとらが、畜生、これっぽっちも知らないロブスターソース和《あ》え海老料理的イデオロギー、世界一長い足、世界一妙にもやさしき声。分ったぞ、それがどんな声か。いいですか、お互いいい恰好するのはよそうじゃありませんか、私は人の気持はよく分るんだ、世界中どこでも分るんだ、権利の侵害や侮辱は、いったいなぜ貴重な時間を無駄にしなきゃならんのか、さっきからただ、二人の話を聞いてばかり——
ケイト　（すばやく）いやなら行ってよ。

（間）

ディーリー　行く？　おれがどこへ行けるっていうんだ？
ケイト　中国へ。シチリアでもいい。
ディーリー　おれにはモーターボートがない。白いタキシードもない。
ケイト　じゃ、中国ね。
ディーリー　中国で白いタキシードを着てるところを見つかったら、どんなことになるか知ってるか。一発で殺されちまうぞ。分ってるか、あっちじゃどんな風か。

（短い間）

アナ　シチリアならいつでもいらして、お二人とも、うちに泊って頂くわ。

（沈黙。
ケイトとディーリーは彼女を見つめる）

（ディーリーに向って静かに）分って頂きたいわ、私がここへ来たのは、こわすためじゃなくて、お祝いをするためよ。

（間）

とても古くて大事な友情のお祝いをするためよ、あなたが私たちのことを知りもしない頃に二人の間に生れたものの、お祝いをするためよ。

(間)

この人を見つけたのは私よ。この人は、私の紹介ですてきな人たちと知合になったわ。私がこの人を喫茶店へ連れて行ったのよ、ほとんど常連だけしか入れないような、画家や作家や時には俳優も集まる、それからダンサーが出入りするのもあった、そして私たちは、コーヒーを註文してほとんど息もつかずに坐ってたわ、まわりの人生のざわめきをじっと聞きながら。私はただこの人が幸福でいてくれたらよかったのよ。今でも同じ気持でいるわ。

(間)

ディーリー　(ケイトに) 僕等は前に逢ったことがあるんだよ。アナと僕は。

(ケイトは彼を見る)

そう、逢ったのは旅人亭《ウエイフェアラーズ・タヴァン》。隅っこの方だ。この人は僕が好きになってね。もちろんこっちは、その頃は尻がしまってた。なかなかかっこいいんだ。ちょっといかす姿でね、ほんとのところ。髪を縮らせるとかさ。二人でいい線行ったんだ。この人はすっかりいかれちまってね。すかんぴんだから、僕が一杯おごってやったんだ。すると大きな目で、さも内気そうにこっちを見てさ。君に化けてる芝居をしてたんだな。結構うまかったよ。それに君の下着まではいてた、その時には。御親切にもそれをのぞかせてくれてね。保証つきの気前のよさだ。女には稀にみるところさ。一緒にパーティに出かけた。哲学者連中主催の。悪いやつらじゃなかった。エッジウェア界隈の仲間さ。いいやつ揃いでね。すっかり御無沙汰してるな、どの野郎とも。古い友達だ。いつもものを考えてて、その考えをしゃべるんだ。こういう連中だよ、今逢いたいのは。みんな死んじまった、と言うか、どっちにしてもそれっきり逢ってない。メイダ・ヴェイル一帯にたむろしてたやつらだ。でかいエリックだのちびのトーニーだの。パディントンの図書館の近くに住んでたな。パーティへ行く途中で喫茶店に入って、この人にコーヒーをおごったんだ、インテリ客揃いの店で。この人は自分が君だと思って、ほとんどものを言わなかった、ほとんど何も。ひょっとすると、あれはほんとに君だったのかも知れない。ほんとに君だったのかも知れない、僕とコーヒーを飲みながら、ほとんど、ほとんど何も、ものを言わずにいたのは。

(間)

ケイト　この人、あなたのどこが好きになったんだと思う?

ディーリー　さあね。どこだろう？
ケイト　あなたの顔がとても感受性に富んでて、傷つきやすそうに見えたのよ。
ディーリー　そうかね？
ケイト　だからいたわってあげたいと思ったのよ、女にしかできないやり方で。
ディーリー　そうかね？
ケイト　そうよ。
ディーリー　僕の顔をいたわってやりたいと思った、女にしかできないやり方で、そうなんだね？
ケイト　この人はあなたにつくす気でいたの。
ディーリー　どういうことだい？
ケイト　あなたに恋したのよ。
ディーリー　僕に？
ケイト　あなたはまるで違ってたわ、他の誰とも。私たちが知ってた男の人は、みんな乱暴で下品だった。
ディーリー　すると、そういう男がいるというんだね？下品な男が？
ケイト　とても下品な男が。
ディーリー　でも僕だって下品だった、そうだろう、この人のスカートの中をのぞいたりして？
ケイト　それは下品じゃないわ。
ディーリー　この人のスカートなら、相手がこの人なら、そういうのかい？
アナ　（冷く）ああ、あれは私のスカートだった。相手は私だった。あなたの目つきはよく覚えてるわ……とてもよく。あなたのことはよく覚えてるわ。
ケイト　（アナに）でも、私が覚えてるのはあなたよ。死んだあなたよ。

（間）

覚えてるわ、死んで倒れてたあなたを。あなたは、私が見てるのを知らなかった。あなたの方にかがみこむと、顔が泥まみれだったわ。死んで倒れてるあなたの顔は、一面に泥まみれで、いろいろ深刻な文句が書いてあったけど、そのまま消えずに残ってたから、顔中一面に、のどまでそれが続いてたわ。シーツにはしみ一つなかった。嬉しかったわ。だってあなたの死体が不潔なシーツにくるまってたりしたら、私いやだもの。そんな品のないこと。とにかく、そうなれば私の立場がないわ。私の部屋で、そんなこと、たまらないわ。だってあなたは私の部屋で死んでるんだもの。あなたが目をさますと、私の目が上からあなたを見下してた。あなたは私がよく使う手を使って、私がやるのを見て覚えた手を使って、ゆっくりちょっと笑おうとしたわ、ゆっくりちょっと恥かしそうに笑って、私みたいに首を曲げて、私みたいに薄目をあけて、そう、お互いよく知ってる手を使おうとしたけど、駄目だったわね、笑うと口の両側の泥にひびが入って、そのままあなたは笑うのをやめた。笑いかけてそのままになった。私は涙を探したけど、見えなかったわ。瞳が目の中になかった。顔中の骨は砕けてた。でも気持が悪くはなかった。苦しんでる様子がなかったもの。何もかも、よそで起ってしまってたんだもの。臨終の儀式はしなくてもいいと思った。そう、どんな儀式も。あなたはちょうどいい時に死んだんだし、たった一人、泥まみれで死ぬなんて、ちゃんと体裁を心得てたわ。やがて私がお風呂に入る時間が来た。私はゆっくりお風呂に入って、出て来ると、洗い立てた身体で部屋中歩きまわって、椅子を引き寄せて、裸のままであなたの傍に坐って、あなたをじっと見てた。

(間)

その部屋へこの人を連れて来た時には、もちろんあなたの身体は消えてた。ほんとに救われたわ、自分の部屋にあるのが別の人の身体だなんて、まるで別のことをする、男の身体だなんて、ほら、いかにも男が得意顔でやりそうないろんなことをするのよ、たとえば片足を椅子の肱掛のところにのせて坐るとか。ベッドが二つあって、どちらを使おうかということになったの。あなたのベッドと私のベッドと。眠るにせよ、一緒に寝るにせよ。鼻をこすり合せながら、眠るにせよ、一緒に寝るにせよ。この人はあなたのベッドがいいと言った。自分は男だからそこで寝ても違うと思ってたのね。でもある晩、私言ったの、私したいことがあるの、ちょっとしたことよ、ちょっとした手を使わせてね。あの人は、あなたのベッドに寝てた。そして、期待にみちた顔で私を見上げたわ。嬉しかったのよ。自分が教えこんだことが実を結んだと思ったのよ。私がセックスのことで積極的になるんだ、長い間の約束通り私がリードするようになるんだ、そう思ったのよ。私は窓のところへ行って、あなたが二人のために綺麗な三色すみれを植えていた植木鉢から土をすくって、ボウルに入れて、この人の顔に塗ったの。この人はぼんやりして、驚いて、抵抗したわ、懸命に。顔に泥をつけられるのはいやだ、汚されるのはいやだ、どうしてもそう言うのよ。その代りに、この人は、結婚しようって言ったの、それから環境を変えようって。

(短い間)

どうでもよかったのよ、二つとも。

(間)

一度この人が訊ねたことがある、ちょうどその頃に、自分の前にはこのベッドに誰が寝てたのかって。私言ったわ、誰も寝ていないって。誰も、一人も。

(長い沈黙。

アナは立上り、ドアの方へ行き、立停り、二人に背を向けている。

沈黙。

ディーリーがきわめて静かにすすり泣き始める。

アナはじっと立っている。

アナは向きを変え、電燈を消し、自分が坐っていた寝椅子に腰を下し、横になる。

すすり泣きがやむ。

沈黙。

ディーリーが立上る。彼は数歩歩き、両方の寝椅子を見る。彼はアナの寝椅子のところまで行き、彼女を見下す。彼女はじっとしている。

沈黙。

ディーリーはドアの方へ行き、立停り、二人に背を向けている。

沈黙。

ディーリーが向きを変える。彼はケイトの寝椅子の方へ行く。彼は彼女の寝椅子に腰を下し、彼女の膝のところに身体をのせて横になる。

長い沈黙。

ディーリーが極めてゆっくりと身を起す。彼は寝椅子から離れる。彼はゆっくりと肱掛椅子の方へ行く。彼は腰を下し、深々と身を沈める。

沈黙。

照明がいっぱいに明るくなる。まぶしいばかり。

ディーリーは肱掛椅子に坐っている。アナは寝椅子の上に横になっている。

ケイトは寝椅子の上に腰かけている)

——幕——

〔*OLD TIMES*〕

独白

＊『独白』は一九七三年四月十日に、
ＢＢＣテレヴィジョンによって放送された。
出演――ヘンリー・ウルフ
（演出―クリストファ・モラハン）

(男がただ一人椅子に坐っている。
彼は誰も坐ってはいないもう一つの椅子に向って話しかける)

娯楽室までひとっ走り行って来ようと思うんだ。脚を伸してさ。ピンポンをいっちょうやる。君はどうだい？　一勝負、え？　カテゴリカルに打ちつけるってのはどうだね？　どんな挑戦にでも応じるよ、どんな条件にでも、君がその気ならどんな風に腕当てを投げられても平気だ。ところで、君は腕当てをどうしちまったんだ？　そう言えば、ほんのついでだが、君はオートバイをどうしたんだ？

(間)

君の黒ずくめの恰好はなかなか凄みがあったよ。ただ一つ気に入らなかったのは君の顔だ、白すぎる、顔は、黒いヘルメットと黒い髪と黒いジャンパーの間にはさまって、何だかびっくりしたみたいで、見るからに弱々しげで、ほとんど哀れなほどだった。そりゃ、君はもともとオートバイに乗るって柄じゃない、そいつはまるで向いてない、一体どんなつもりなのか、僕にはついぞ分らなかったよ。確かなことは、あれがうまく行かなかった、ついぞさまにならなかった、僕が一向に感心しなかったってことだ。君が黒人ならよかった、黒い顔をしてたらよかった、そうしたら何とかなったんだ、本式にものになったんだ。

(間)

よくそんな気がしたんだが……うん、よくだよ……君ら二人は実は兄と妹なんじゃないかって、君らの性格の奥深くに、何かつながりがある、何か同じように輝くものがあるって気が、ただちょっとそんな気がしただけだがね、君らは昔同じ便器を使った仲じゃないのかって。でももちろんあの女は黒人だった。スペードのエースさながらに真黒だった。その上、人生を楽しむたちでもあった。

(間)

それにしても、君と僕はもうその時分から、雨風いとわずだった、そうじゃないか？　打球練習ならいつでも来い、ファイヴズのゲームでもいい、公園を散歩してしゃべるのもいい、昼飯前に二三度コースをまわるのもいい、条件がそこそこで煩わしい約束さえなければ、ね、そうだったな。

(間)

僕が好きなのは、つまりさ、どうしようもなく好きなのはだよ、こういう会話さ、こういうやりとり、こんな風に互いに思い出話をすることさ。

(間)

時々思うんだが、君は例の黒人の女を忘れてしまったんじゃないのか、あの黒檀のような女を。時には、君は僕のことを忘れてしまったんじゃないかと思うよ。

(間)

忘れてはいない筈だ、僕のことは。一体誰だった、君のいちばんの親友は、君がいちばん信用してた仲間は? なるほど、ウェブスターやターナーを僕に教えてくれたのは君だ、でも誰だったね、トリスタン・ツァラ、ブルトン、ジャコメッティなんて連中のことを君に手ほどきしたのは? それにもちろん、ルイ＝フェルディナン・セリーヌ、近頃は人気がないけど。それにジョン・ドス。誰だったね、君ら二人のために安売りのカスタードのかんづめをごっそりもって行ってやったのは? いいかい、君ら二人のためにだよ。僕はね、君ら二人のどちらにとってもまたとない友達だった、今だってそのことなら証明してみせるよ、今だって僕は相手が誰だろうとそいつの首に自分のズボン吊りを巻きつけてみせるよ、君らを護るためなら。

(間)

どうせ君は言いたいんだろう、自分はあの女の魂を愛してた、お前はあの女の肉体を愛してたんだって。またぞろ例の言草を持出すんだね。そりゃあ君の方が僕よりずっと綺麗だった、ずっと天空高くという趣があった、その点は分ってる、そのことなら認めるよ、君の方が現世を超越してて、考え深げで、かげがあった。しかるに僕は大地にしっかり両足をつけてた。でもね、君の知らないことを一つ教えてやるよ。あの女は僕の魂を愛してたんだ。僕の魂なんだよ、女が愛してたのは。

(間)

近頃の君は何をやりたいなんてさっぱり言わなくなったね。ピンポンをしたいとさえ言わない。君には言うことができないんだ、自分に何ができるのか、自分の嗜好の対象が何なのか、自分が何に対して敏感であるのか、何によって興奮するのか、何ゆえに自分が決してできないのか……決して……できないのか、自らの躍動する脳細胞の躍動する可能性に対して簡潔にして充実した評価を下すことが。率直に言うが、君はしょっちゅうまるで死人みたいに振舞うよ、まるでボールズ・ポンド・ロードや美しの黒檀の乙女が存在してはいなかったかのように、まるで黄昏時の舗道に光を浴びて降る雨が存在してはいなかったかのように、まるでスポーツと知性の活動に明け暮れた僕らの日々がなかったことであるかのように。

(間)

あの女は疲れてた。だから腰を下した。疲れてたんだ。汽車のせいで。ラッシュ・アワーの。それに天気、ほんとに変りやすいんだものな。朝のうちは冷かったから女は毛の服を着てたけど、天気が変った、すっかり、全く変ってしまった。女は泣いた。君はとび上った、まるで……ほら、あの、何といったかな、箱の上に猿がのってる玩具、そうびっくり箱の人形みたいに、そして女の手をとり、茶をいれてやり、珍しくも爆発した。君は多分、天気が変ったのが頭に来てたんだな。

(間)

僕は女の肉体を愛してた。もっとも、君だから言うけど、どっちがどうであろうと問題じゃないよ。僕の腰の痙攣は君の腰の痙攣であってもよかったんだ。どっちだろうと分るものか、気にするものか、誰も。

(間)

そりゃまあ……女には気になった……気になる……気になった筈だが……

(間)

僕らみんなで歩いたね、腕を組んで、高く伸びた草の間を、橋をこえて、川岸で日光を浴びながらパブの外に坐ってた、パブは閉ってた。

(間)

僕らに気づいたやつがいたかな？　誰かいたかい、僕らを見てたやつが？

(間)

私の身体にさわって、と女は君に言った。君はそうした。もちろん、そうしたとも。しなけりゃとんだ馬鹿だよ。そうしてなけりゃ、君はとんだ馬鹿になってたところだ。あれはごくまともなやり方さ。

（間）

仕切りの向う側だったな、あれは。

（間）

女を連れて行って君に逢わせたな、君が姿を消してノッティング・ヒル・ゲイトに住むようになってから。もちろん、みんな行き着く先はあの界隈さ。僕はあの界隈へ行き着くのは御免だね、僕は公園《パーク》のあちら側へ行き着くのは願い下げだね。

（間）

あそこでレコード・プレイアーを前にして坐ってる、少し禿げかけて、ベートーヴェン、ココア、猫。これで全く年が知れるね。ココアを飲むようじゃ年が知れるよ。君はのめりこまずに眺めてた、あれだよ、危いのは。僕にはもちろんそのへんが手にとるように分ってた。あれこそは蜘蛛の巣だった、それにかかってわが愛しの黒い愛しの女は、あちらへまたこちらへと悶えつつさまよった、わが黒き蛾のような女は。あの女はあのあかりを浴びて切れ切れに言葉を吐いた、君の少し陰気で、冷たげで、世にも危いあかりを浴びて。でもね、こいつは人生の真実だ。黙ってるやつがいちばんいい目を見るのさ。

（間）

僕の方はね、昔からあっさりしたラヴシーンが好きなんだ、仕来り通りの道具立て、甘い……甘い……甘い別れだ、パディントン駅の。襟を立てて。女の柔い頬。僕に寄添って立つ、レインコートの下の脚、プラットフォーム、女の頬、女の手、ボーッという汽笛、蒸気の音にまさるものはないよ、愛を暖めるには、愛をしめらせるには、愛を思うさま味わおうとするには、僕の愛する黒檀の女が僕に向って微笑む、僕は女にふれた。

（間）

君には同情してるよ。たとえ君が何とも思わなくてもだ……僕のことは。僕は君には同情してるんだよ。

（間）

僕はいつも頭を使ってる、だから今でもこの通り盛んなんだよ、え。今は二十二の頃に比べて百パーセントも余計にエネルギーに溢れてるね。二十二の頃の僕は一日に二十四時間眠ってた。そして二十四の頃には一日に二十二時間眠ってた。計算してみろよ、君はどうなのか。でも今の僕は盛んだ、まっ盛りだ、絶好調だ、一秒に二千回もの大変革を通りぬけてる、昼も夜もたえ間なく。僕は先頭を切ってる。僕のモットーは油断は禁物だ。神話なんてものはとっくに卒業したんだよ、みんな忘れてしまった、ココアも眠りもベートーヴェンも猫も雨も黒人の女たちも親友も文学もカスタードも。君に言わせりゃ、僕は一晩中そんな話ばかりしてるってことになるだろうけど、分らないのかい、この馬鹿野郎、僕にはこんなことをしてられるだけの余裕があるってことが、分らない、この皮肉が？　たとえだよ、君が鈍くて言葉そのものにこもってる皮肉が分らなくても、僕が自ら極めて念入りに、しかも意図的に選んだ言葉にこもる皮肉は分らなくてもだよ、よもや分らないことはないだろう、声の調子にこもってる皮肉は！

（間）

君の目の前にあるもの、これがつまり自由なんだよ。僕はもう神聖なる儀式に参加したりはしない。勝負はついてしまったんだ。

（沈黙）

君は黒い顔をしてたらよかったんだ、それが間違いのもとだよ。うまく行けばそいつをもとに商売ができてたんだ、帳簿にちゃんとつけられたんだ、黒い子供を二人作ってられたんだ。

（間）

僕は死んでもよかったな、その子らのためなら。

（間）

僕はその子らの叔父さんになってた筈だ。

（間）

僕はほんとにその子らの叔父さんなんだ。

（間）

僕は君の子供たちの叔父さんだよ。

（間）

あの子らを連出して、面白い話をしてやろう。

（間）

僕は好きだよ、君の子供たちが。

〔*MONOLOGUE*〕

誰もいない国

＊『誰もいない国』の初演は一九七五年四月二十三日に、
ロンドン、ウォータールーのオールド・ヴィックにおいて、
ナショナル・シアターによって行われた。
配役は次のとおり——
ハースト——ラルフ・リチャードソン
スプーナー——ジョン・ギールグッド
フォスター——マイケル・フィースト
ブリグズ——テレンス・リグビー
（装置　ジョン・ベリー）
（演出　ピーター・ホール）

＊この劇は続いて一九七五年七月十五日から、
ロンドンのウィンダム劇場において、
同じ配役によって上演された。

〔登場人物〕
ハースト　六十代の男
スプーナー　六十代の男
フォスター　三十代の男
ブリグズ　四十代の男

〔場面〕
ロンドン北西部にある家の大きな一室。
上等だが乏しい調度。背のまっすぐな頑丈で快適そうな椅子があり、ハーストがかけている。
一つの壁一面に本棚。二つの大きな茶碗を含むさまざまの陶器が本立てとして使われている。

窓全体に厚手のカーテン。

この部屋でいちばん目につくのは、上が大理石で、金属の手すりと扉のない棚をもった古風な戸棚である。その上には、スピリット、アペリティフ、ビールなど、ありとあらゆる酒の瓶がのっている。

第一幕

（夏。

夜。

スプーナーが部屋の中央に立っている。彼は非常に古くて見すぼらしいスーツと濃い色のあせたワイシャツとしわが寄ってしみのついたネクタイを身に着けている。

ハーストは戸棚のところでウィスキーをついでいる。彼は注意の行届いた服装をしている。替上着。仕立てのよいズボン）

ハースト　このままで？

スプーナー　そのままで、ええええどうぞ、ぜひともそのままで。

（ハーストは彼のところまでグラスをもって来る）

どうもどうも。ほんとに恐れ入ります。全くもって。

（ハーストは自分のためにウォトカをつぐ）

ハースト　乾杯。

スプーナー　御健康を。

（二人は飲む。スプーナーはちびちびと飲む。ハーストはウォトカを一気に飲みほす。彼はグラスを再びみたし、自分の椅子のところまで行って腰をおろす。スプーナーはグラスをあける）

ハースト　どうぞ自由にやって下さい。

スプーナー　すみません、どうも。

（スプーナーは戸棚のところへ行き、酒をつぐ。彼はふり向く）

御健康を祈って。

（彼は酒を飲む）

わたくし、何の話をしておりましたっけ、お宅の前まで来た時。

ハースト　そう……何だったたか。

スプーナー　そうだ！　わたくしは強さの話をしておりました。御記憶ですか？

ハースト　強さか。そう。

スプーナー　そうです。わたくしが言いかけておりましたのはですね、世の中にはこういう人がいる、つまり、見かけは強そうだし、強さの何たるかについて語らせても、もっともらしいことを言う、しかるに実は現実ならぬ観念の世界で暮している、そういう人がいるってことなんで。こういう人が持合せておりますのは、強さではなくてその道についての見識です。この連中が磨きあげ、もちこたえているのは、実は計算ずくのポーズに他なりません。二度に一度はそれでもまかり通ります。知性と鑑識眼をそなえた人間をまって初めて、このポーズに針を刺し通し、この身構えの本質的なひ弱さを見ぬくことができるのです。わたくしはそういう人間です。

ハースト　というと、後者の方で?

スプーナー　後者の方、その通り、知性と鑑識眼をそなえた人間の方ですよ。前者の方だなんて、そんな、まさか。いくら何でも。

(間)

こう申しちゃ何ですが、わたくしをお誘い下さったとは全く御親切なことで。というより、あなたは御親切の権化です、多分いつでも御親切の権化でいらっしゃるのでしょう、今、このイギリスにおいて、このハムステッドにおいて、そして未来永劫にわたって。

(彼は部屋を見まわす)

何ともはやいいお部屋ですな。ここだと落着きます、わたくし。世の荒波もよもやここまではという感じで。いやいや、どうか御心配なく。わたくし、長居は致しません。よその方相手に長居したりは決してしません。先方がいやがりますからね。それがこっちにも好都合というわけで。わたくしの安心立命のただ一つのよりどころ、わたくしにとってのこの上ない心の慰めは、ありとあらゆる人から、変ることなく、またたえず、無関心をもって遇されるに違いないという、この確信なんですよ。このことによりましてわたくしは、自分が自分で考えてる通りの人間なんだ、自分はしっかりと落着いてる人間なんだと思っていられます。ひとに関心を示されたり、あろうことか、好意に類する気持らしきものをほのめかされたり致しますと、私はもう奇妙きてれつに肝をつぶしてしまいます。おかげさまで、そういう目には逢いそうもありません。

(間)

こんな風に途方もなく無遠慮な口をききますのは、あなたがお見受けしたところ無口な方のようだからで、こいつはいいもんです、それにあなたが知らない方だから、それにあなたがお見受けしたところ御親切の権化だからなんで。

(間)

あなた、ハムステッド・ヒースをよくうろついたりなさるんですか？

ハースト いや。

スプーナー でも御散策の折に……どれほど珍しくはあっても……珍しく御散策の折に……わたくしのような者にでくわすとは滅多に期待なさいませんでしょうが？

ハースト 滅多にね。

スプーナー こういうわたくしはハムステッド・ヒースをよくうろつきます、何の期待も抱かずに。この年になれば期待なんてものはもう卒業です。あなたもそうお思いでしょう？

ハースト そう。

スプーナー あれこそは陥し穴の中の陥し穴、罠の中の罠です。ただしわたくしはもちろんよく観察は致しますよ、木の枝ごしにこうのぞきましてね。機智を売物にしてる男が、ある時わたくしに木の間《こま》ごしののぞき男という名を奉ってくれました。随分まずい言い方だと思いましたよ。

ハースト 拙劣極まる。

スプーナー その通り、全くもって。

(間)

ハースト 何という機智だ。

スプーナー 本当にいいところをお突きになった。今や我等の唯一の財産は英語です。これは救いうるものなりや。それがわたくしの問いです。

ハースト つまり、救いはいずこに見出されるかとおっしゃるんで？

スプーナー まあ、そんなところで。

ハースト 救いはあなたの双肩にかかっているに違いない。

スプーナー これはまた並外れて御親切なお言葉です。多分あなたの双肩にもでしょうよ、もっともこれ以上のことを申上げるだけの根拠はわたくしにはありませんが、今のところは。

(間)

ハースト それはつまり、私があまりしゃべっていないからで？

スプーナー あなたは物静かな方です。こいつは大いに助かりますな。だってあなた、私たちが二人揃ってべらべらしゃべり続けてごらんなさい、この私みたいに。我慢がなりませんよ。

（間）

ところで、のぞきの話で思い出しましたが、ぜひともこの点は明瞭にしておく義務があると思いますんで。わたくし、性の現場ののぞきはやりません。これはもう完全に卒業しました。お分りですね。わたくしの目の前の小枝ごしに、何と申しますか、のぞく視線の行着く先に、間接的なものにもせよ性的結合状態がたまたまあったとしてもです、私に見えるのはむき出した白眼だけ、あまり間近で僻易します、距離をおこうにもおけない、そして、自己と他者との間に適当な距離をおけない時、事態に対して客観的関係を保つことがもはやできない時は、これ即ち骨折損のくたびれもうけ、あくせくするのはやめて肝に銘じることです、人間の視覚において不可欠なるもの、それは空間である、しかり、とりわけ月光のもとでは、空間は十分になければならぬということを。

ハースト　お話を聞いてると経験の重みが感じられますな。

スプーナー　いやなに、軽いもんです。わたくしは経験など超越しております。経験は誰だってする、経験に基づく話なら誰だって致します。こんなものはわたくしは精神分析屋にまかせておきます、シェイヴィングクリームがチューブから出るのを見て何かを連想したりする手合に。かく言う私はどんな経験でもつぶさに語ってみせますよ、あなたなり私自身なりの好みに合うやつを。ま、子供の遊びだ。しかし現在のあり方は歪曲せずにおきましょう。わたくしは詩人です。私の関心が向いているのは、永遠に活動している自らの現在のあり方です。

（ハーストは立上って戸棚のところへ行き、ウォトカを注ぐ）

調子に乗りすぎた、でしょうか？

ハースト　もっともっと調子に乗られるのを期待しています。

スプーナー　おや。ということは、まさか私の話が面白いというんじゃないでしょうな。

ハースト　いや、全然。

スプーナー　やれやれ、安心しました。一瞬がっかりしましたよ。

（ハーストはカーテンを左右に引き、しばらく外を眺め、カーテンから手を離してそのまま立っている）

しかしそれにも拘らずあなたのお考えの通りです。あなたのかんは鋭い。わたくし、もっと調子に乗れるんです、色んなやり方で。前進よし、守備よし、身代りの追跡、騎兵隊の召集、あるいは全力の投入、それもつまりは、喜び溢るる時は喜びをおさえんすべなしってことを心得てるからで。わたくしが申したいことは、念のために申しますと、わたくしが自由人だということです。

（ハーストはウォトカをもう一杯つぎ、飲む。グラスをおき、注意して椅子の方へ移動して、腰を下す）

ハースト　久しぶりです、私どものところへ自由人に来て頂いたのは。

スプーナー　私ども？

ハースト　私。

スプーナー　他にもまだ？

ハースト　まだ何が？

スプーナー　人です。人間です。

ハースト　何が他に？

スプーナー　あの棚には茶碗が二つありますね。

ハースト　二つめはあなた用で。

スプーナー　で、一つめは？

ハースト　あれをお使いになりたいんで？　何か熱い飲物でもどうです？

スプーナー　それは危いでしょう。このままスコッチで通しましょう、よろしければ。

ハースト　御自由にどうぞ。

スプーナー　恐縮です。

（彼は戸棚のところへ行く）

ハースト　私もウィスキーをつき合いましょう、お手数でなければ。

スプーナー　とんでもない。確かウォトカを飲んでらしたんでは？

ハースト　いいんですよ、ウィスキーつき合いましょう。

（スプーナーは注ぐ）

スプーナー　このままですね、何もまぜないで。

ハースト　ああ、もちろんそのままで。

（スプーナーはハーストのところへグラスをもって来る）

スプーナー　御健康を祈って。

ハースト　御同様に。

（二人は飲む）

どうです……よく顔を出しますか、ジャック・ストローズ・カースルへは？

スプーナー　あそこは子供の頃に知ってました。

ハースト　今でもいい酒場だと思いますか、追剝の時代と同じように、ひいき客に追剝がたくさんいた頃のように？　なかでもジャック・ストローね。ジャック・ストロー大親分。どうです、随分変りましたか、あそこは？

スプーナー　あそこのせいでわたくしの人生が変りました。

ハースト　ほほう。ほんとですか？

スプーナー　それはある真夏の夜、わたくしはパリから引っこんで来たばかりというさるハンガリー人の移民の方と、ともに盃を挙げておりました。

ハースト　同じ一つの盃を？

スプーナー　いえ、まさか。既にお察しではあろうと存じますが、この方はもともとはハンガリーの貴族の家柄の出でした。

ハースト　察してましたよ、はい。

スプーナー　その夏の宵、私はこの方に導かれて、汚濁と喧噪のさなかにあっても人生がいかに静かなるものとなりうるか、初めて知りました。この方はわたくしに対して極めて稀にみる……鎮静効果をもった影響を及ぼされました、その方御自身はいささかも鎮静しようなどと努めることなく、いささかも……影響を及ぼそうという気はなしに。わたくしよりずうっと年上の方でした。当時のわたくしの期待には、そう、当時のわたくしは期待をまだ抱いておりましたが、こういう方に出くわすことなど含まれてはおりませんでした。その日わたくしは度外れて明々白々なる汚辱にまみれた追憶にとりつかれて、ハムステッド・ヒースへとさすらい行き、ふと気がつくと、さほど驚くにも当らぬこととて、ジャック・ストローズ・カースルのバーで一パイントのビールを註文していたのです。これをなし、かつ阿諛追従をこととするとりわけいとわしい文士どもの群なす中をようやく通り抜けたわたくしは、ビールをもったまますっかりぶつかったのです、この方のでかでかで褐色でじっと動かぬテーブルに。でかでかでしたよ、この方の頭は。

（間）

こうして私のビールの優に半ばがもはや味わうすべもなく流れ去った後、わたくしは確か口を開いたと思います、不意に――不意に口を開きました、そしてこの耳で聞いたのです……答を、かけがえのない答を、あれほどの答え方はよもや他には――

ハースト　その人、何を飲んでました？

スプーナー　は？

ハースト　その人、何を飲んでました。

スプーナー　ペルノーです。

（間）

私はほぼその時に、この方は私がそれまでに見聞したことのない安心立命の境地の持主なのだという直感に打たれたのです。

ハースト　何を言ったんです、その人は？

（スプーナーは彼をにらみつける）

スプーナー　それを私が覚えてることを期待してられるんで？

ハースト　いいえ。

（間）

スプーナー　その方の言葉は……もう何年も前のことで……どうだってよろしい。言葉そのものではなくて、多分その方が坐ってられた様子でしょうな、私に一生とりついて、この点は間違いありませんが、私の今日ある源となったのは。

（間）

そしてわたくしは今夜同じパブであなたにお逢いしました、テーブルは違いましたが。

（間）

そしてわたくしは、かつてあの方を前にして頭をひねったように、今あなたを前にして頭をひねっております。しかしわたくしは、今日もなおあの方に対して頭をひねるがごとくに、果して明日もあなたに対して頭をひねるであろうか、そうわたくしはただいま頭をひねっております。

ハースト　分りませんな、私には。

スプーナー　分りません、誰にも。

（間）

もう一つお訊ねしましょう。見当がつきますか、わたくしの強さの源は？

ハースト　強さの？　いや。

スプーナー　わたくしは誰にも愛されたことがない。これです、わたくしの強さの源は。あなたは？　これまでに？　愛されたことがおありで？

ハースト　さあ、なさそうですな。

スプーナー　わたくしは一度母の顔を見上げたことがあります。そこにあったのは、何を隠そう、純然たる敵意でした。幸いわたくしは逃げ出すことができました。おのが母親にこれほどの敵意を抱かせたわけは何だったと思います、私が何をしたと？

ハースト　小便をもらした。

スプーナー　御名答。その時私は何歳だったと思います？

ハースト　二十八歳。

スプーナー　御名答。しかし私はその後間もなく家を出ました。

（間）

母は今なおさまざまな意味で極めて魅力的な女性であると申さねばなりません。道具もこね具合も母のは最高です。

（ハーストは彼を見る）

料理の話です。最高です。

ハースト　恐れ入りますがもう一杯ウィスキーを注いで頂けましょうか？

スプーナー　いいですとも。

（スプーナーはグラスを受取り、ウィスキーを注いでハーストに渡す）

ここいらで自己紹介をさせて頂きましょう。わたくし、スプーナーと申します。

ハースト　はあ。

スプーナー　わたくし、芸術を、とりわけ詩を、熱心に愛する者でありまして、かつ青年の友であります。わが家は千客万来、若い詩人諸君がやって参りまして、自作を朗読致します。わたくしはそれを批評し、コーヒーを出し、お代は頂きません。御婦人にもおいで頂きますが、そのなかにはこれまた詩人がいらっしゃる。詩人でない方もいらっしゃる。男性のなかにも詩人でない方がいらっしゃる。男性のほとんどは詩人でない方ですな。しかし、夏の宵などに庭に面した窓を開け放ち、家内が氷を入れたスカッシュを細長いグラスについでまわり、若い声が時たま無伴奏で歌い始め、若い肉体が薄れ行く光を浴びて横たわり、家内は長いガウンをまとって影の中をあちこち歩む、全く文句がつけられますか。いやつまり、これがいけないと言えますか。非難の余地がありますか、だってこれこそはつまるところ芸術の維持と保存を願う行為であり、芸術を通じて美徳に達する行為なのですから。

ハースト　芸術を通じて美徳に。（グラスをあげる）変らざる御健康を祈って。

（スプーナーは初めて腰を下す）

スプーナー　わたくしどもが田舎に別荘をもっておりました頃は……わたくしどもが田舎に別荘をもっておりました頃は……客には芝生の上で茶を出しました。

ハースト　私もです。

スプーナー　芝生の上で？

ハースト　私もです。

スプーナー　別荘をもっておられた？

ハースト　芝生の上で茶を。
スプーナー　どうなってしまったんでしょう？　どうなったんでしょう、私たちの別荘は？　どうなったんでしょう、私たちの芝生は？

（間）

遠慮は要りません。おっしゃい。あなたは今何かをほのめかされた。はっきりと御自分の過去におふれになった。今更口をつぐむことはありません。私たちには共通の何かがある。牧歌的生活の思い出が。お互い、イギリス人じゃありませんか。

（間）

ハースト　村の教会では、はりからいくつもの花輪がたれ下っている、処女のまま死んだといわれる教区の娘たちを偲ぶよすがに。

（間）

しかしながら、花輪が捧げられるのは乙女たちだけではない、輝く純潔を貫いて未婚のまま死んだ者ことごとくがそうなのです。

（間）

スプーナー　すると、教区の若い女だけでなく、教区の若い男もそういう名誉を与えられるんだと？
ハースト　その通り。
スプーナー　そして童貞のまま死んだ年寄りの男にも花輪が捧げられると？
ハースト　いかにも。
スプーナー　陶然とするようなお話です。もっと聞かせて下さい。どうかもっと、あなたが経験された珍にして愛すべき奇習のお話を。どうかもっと、能う限りの権威と美辞麗句をもってお話し下さい、あなたが理性の時代に達するまでを過された環境の社会的政治的経済的構造について。どうかもっと。

（間）

ハースト　もうこれだけです。
スプーナー　それでは奥様のお話を？
ハースト　奥様とは？
スプーナー　いかに美しかったか、いかにやさしく誠実であったか。聞かせて下さい、奥さんがいかにすばやく回転技をこなしたか、どれほど早く乗って来たか、指のひねりに反応する方だったかどうか、直球が得意だったか、それとも変化球をうまく決めたか。つまり要するに、奥さんは変型の技の使い手だったのかということで。

(沈黙)

おっしゃらぬ気らしい。それなら私が言いましょう……私の妻は……すべてをそなえておりました。目、口、髪、歯、尻、乳房、全く何もかも。それから脚も。

ハースト それによってあらぬ方へさまよって行った。

スプーナー 誰がです? あなたの奥さんですか、それとも私の妻ですか?

(間)

今ここにおられるんですか、奥さんは? 鍵のかかった部屋でちぢこまってるというところかな?

(間)

奥さんは一体ここにおられたことがあるんですか? 一体あそこにはおられたんですか、別荘には? 敢えて申上げねばなりませんが、あなたのお話ぶりでは疑うほかない。私は正直で知性のある人間だ。それに対してあなたの対応は正当とは言えません。同様に、あなたはその御婦人を正当に遇しておられるのだろうか。真に正確な、従って本質において詩的なものの見方を、果してあなたは少しでも尊重しておられるのか、どうやら疑わしくなって来ました。実のところあなたはその女性を真に憶えているのか、真に愛したのか、真に愛撫の対象となしたのか、真にいとしんだのか、真に夫となったのか、偽りの夢をみたのかそれとも真に愛情を注いだのか、どうやら疑わしくなって来ました。これらの問題を私は真剣に検討した結果、真相は甚だ怪しいと思うのです。

(沈黙)

その方の目ははしばみ色だった、のですね。

(ハーストは注意して立上る。彼は少しよろめきながら戸棚の方へ行き、ウィスキーを注ぎ、飲む)

ハースト はしばみ色の糞の色だ。

スプーナー これはこれは、どうやら感傷のきざしが見えて来たのでしょうか?

(間)

はしばみ色の糞。となると考えますな——自分ははしばみ色の糞を見たことがあるのであろうか。そう言えば、はしばみ色の目を見たことは?

(ハーストは彼にグラスを投げつけるが、命中しない。それは絨毯の上で弾む)

どうやら敵意のきざしが見えて来たのでしょうか? ど

うやら、失礼ながら、この様子の意味はビールを飲みすぎた後にウィスキーを加えると頭に来るということで？頭に来るということで、え？

（沈黙）

ハースト　今夜の私は……ねえ君……長い間忘れていた長距離レースの……最後の一周を走ってるところなんだ。

（間）

スプーナー　比喩ですか。事態が好転して来ましたな。

（間）

短いおつき合いではありますが、わたくし思いますな、あなたには男性としての本質的な条件が欠けている、それはつまり、飯がかかってることに金を出すってこと、一パイント用のビール瓶を手にしたらそいつが一パイント用の瓶だってことを認め、そのことを認めた上は、そいつが一パイント用の瓶であることを公然と語り、まるで自分のケツから生み出したかのようにその瓶に変らぬ忠誠をつくす、そういうことです。あなたにはそういう能力が欠けている、私に言わせれば。

（間）

ずけずけ言って御免なさいよ。こいつはどうせ正気ならぬ狂気の沙汰だ。だからいやとは言わないでほしいですな、私が祈りのためにロザリオとクッションをとり出し、あがめたてまつっても、ほら、どうやら不能かと思われるあなたのあり方を。

（彼は立上る）

私はあがめます。そして侍ります。そしてあがめつつ、侍りつつ、何につけてもあなたのしもべとなろうとしております。よくお聞きを。私は願ってもない証人です。友にもなって差上げられる筈です。

（ハーストは身をこわばらせて戸棚をつかむ）

あんたには友達が入用だよ。道は長い、だのに今のところはあんたは友もなく足を引きずって歩いてる。それとも私はあんたの船頭になって差上げようかな。だってかりに川の話になれば、つまりは深くてしめり気のある構造の話になるってことだ。言いかえれば、手を貸してやろうという申出をゆめゆめ馬鹿にしないこと、とりわけこういう稀に見るできのやつは。しかも稀に見るというべきなのは私の申出のできだけではなく、この行為そのもの、申出そのものも――全く例を見ない。私は友達になって差上げようと申出てるんです。よく考えてからお答えを。

（ハーストは動こうとし、停り、戸棚をつかむ）

よろしいか。はしばみ色のなが妻が、行きたる上は詮もなし、また帰り来る日はあらじ、ティリフォラ、ティリフォラ、ティリフォラディ・フォラディ・フォルー。

ハースト　そうだ。

（間）

誰もいない国……動かない……変らない……老いることもない……いつまでも……永遠に……冷く……静か。

（ハーストは戸棚をつかんでいた手を離し、よろめきながら部屋を横切って、椅子につかまる）

（彼はしばらくそのままでいて、動き、倒れる）

（彼はしばらくそのままでいて、立上り、動き、倒れる）

（スプーナーは見つめている）

（ハーストはドアの方へ這って行き、やっとのことでそれを開け、這ってドアから出て行く）

（スプーナーはじっとしている）

スプーナー　見たことあるぞ、この様子。ドアを抜けての御退場、腹と床とをすりつけて。

（彼は部屋を眺め、一つ一つのものを仔細に見ながら歩きまわり、立停り、両手を後にまわして部屋を見わたす）

（家のどこかのドアが閉る）

（沈黙）

（玄関のドアが開き、激しい音を立ててバタンと閉る）

（スプーナーは身をこわばらせ、じっとしている）

（フォスターが部屋に入って来る。くだけた服装をしている）

（彼はスプーナーを見て立停る。彼はスプーナーを見ながら立っている）

（沈黙）

フォスター　何飲んでんの？　ほんと、おれ、のど乾いちゃった。あんた、どう？　おれ、もうからから。

（彼は戸棚のところへ行き、ビールの瓶をあけて注ぐ）

何飲んでんの？　随分遅いよね。おれ、すっかり疲れちゃった。これが欲しかったんだ。（飲む）タクシーかい？　全然だめ。運転手がいやがりやがんのよ。どっかいけないんだ、おれ。なんか自分じゃ分らないとこが。おれの歩き方かな。それとも、おれがお忍びで出歩くせいかな。ああ、うまい。生返ったよ。あんたはどう？　何飲んでんの？　誰、あんた？　とても駄目だろうと思ったね、おれ。すごい長道中だったよ。それにね。おれ、襲われたってどうしようもないのよ。ロンドンではピストルをもち歩かないんだ。でもさ、気にしてない。東洋へ一度行ったら、もうどこへ行っても平気。おれ、東洋へ行ったことあるんだ。でもやっぱり燈台の灯を見ると嬉しいね、この家みたいな。ここの主人には逢った？　おれの親父なんだ。今夜は気晴しの晩だったのさ。親父は家にいてドイツ歌曲を聞く筈だった。静かに楽しく夜を過してくれてたらいいんだがな。あんた誰、それはそうと？　何飲んでんの？

スプーナー　私はあの人の友達です。

フォスター　タイプが違うよ。

（ブリグズが部屋へ入って来て、立停る。彼はくだけた服装をしており、がっしりしている）

ブリグズ　これは誰だ？

フォスター　この人の名はトモダチ。こちらブリグズさん。トモダチさん——ブリグズさん。おれはフォスターさん。イギリスの古い家柄、ね。ジョン・フォスター。ジャック。ジャック・フォスター。ジョン・フォスター。古いイギリスの名前。フォスター。フォスター。この人の名はブリグズ。

（間）

ブリグズ　トモダチさんは前に見たことがある。

フォスター　見たことがある？

ブリグズ　この人は知ってるぞ。

フォスター　ほんと？

ブリグズ　前に逢ったことがありますよ。

スプーナー　そんなこともありますかな。

ブリグズ　そう。あんたはチョーク・ファームにあるパブでからのジョッキを片づけてる人だ。

スプーナー　あそこの主人は私の友達です。手が足りない時には、私、手を貸してやります。

ブリグズ　主人があんたの友達だって、誰がそんなこと言ってる？

フォスター　この人が。

ブリグズ　私が言ってるのはチョーク・ファームのブルズ・ヘッドだ。

スプーナー それですそれです。私が言ってるのも。
ブリグズ 私が言ってるのも。
フォスター ブルズ・ヘッドなら知ってるよ。あそこの主人はおれの友達だ。
ブリグズ この人はからのジョッキを片づけてる。
フォスター いいパブだよ。主人なら何年も前から知ってるんだ。
ブリグズ この人は主人の友達だそうだ。
フォスター この人はおれたちの友達の友達だとも言うよ。
ブリグズ どの友達だ?
フォスター この家の主人。
ブリグズ じゃ、この人は誰でも彼でもべたべたして友達になるんだな。
フォスター 誰でも彼でものべたべた友達ってわけ。あんた全部で何人友達がいるの、トモダチさん。
ブリグズ 多分数えられないぜ。
フォスター としても、おれも数のうちだよ、もう。おれでまた一人、新しい友達がふえたってことだよ。あんたの新しい友達のいちばん新しいのがおれ。こいつは違うよ。ブリグズは違う。こいつは誰ともべたべたしないの。みんな、相手がブリグズだとちょいと用心するんだよ。手の内を明すのはいやがるのさ。でもおれは、みんな一目見て好きになるよ。
ブリグズ 一目見て惚れちまうこともあるな。
フォスター あるな、時には。だからさ、旅行に出るとおれはいい目の見っぱなしでかすをつかむことは一度もないんだ。みんなたちまちおれにのぼせちまうんだよ、とりわけ女は、とりわけシャムやバリでは。おれが嘘をついてないことは、こいつが知ってるよ。話してやりな、シャムの女のことを。
ブリグズ シャムの女がこいつに一目惚れしてね。
フォスター (スプーナーに)でもあんたシャムの人じゃないだろ?
ブリグズ とてもとても、シャムという柄じゃあ。
フォスター あっちの方へ行ったことある?
スプーナー アムステルダムへ行ったことがあります。

(フォスターとブリグズは彼を見つめる)

つまりその、あそこへ行ったのが……いちばん最近の旅行だってことで。私ヨーロッパはよく知ってます。ところで私の名はスプーナー。そう、ある午後のこと、アムステルダムで……私は運河のほとりのカフェの外に腰を下していました。天気は申し分なかった。日蔭にある別のテーブルでは、男がひとり遠慮がちに口笛を吹いてた、身をこわばらさんばかりにひたすらじっと腰を下して。運河の岸には釣師がいた。魚を釣ってそれを高くあげた。

ウェイターは歓声をあげて拍手し、男二人、ウェイターと釣師は笑いました。通りすがりの小さな娘も笑いました。通りすがりの二人の恋人たちはキスしました。魚は竿と一緒に高く舞上りました。魚も竿も日光を浴びてゆれながらきらきら光っていました。釣師は喜びで頬を火照らせていました。私は絵を描くことにしようと思いました――運河、ウェイター、子供、釣師、恋人たち、魚、そして背景の蔭の部分にもう一つのテーブルの男、こういうものを描いて、「口笛を吹く人」という題をつけることにしようと。「口笛を吹く人」。あなたがもしもこの絵を見て、それから題を見たら、わけの分らない題だと思ったでしょうか。

(間)

フォスター (ブリグズに) あんた、今のに答える気?

ブリグズ いや。どうぞ。お前さん答えな。

フォスター そう、そりゃおれはね、多分そんな題じゃわけが分らないって思っただろうよ。でも絵は気に入ったかも知れない。それどころか、ぞくぞくしちまったかも知れない。

(間)

聞えたの、おれの言ったこと? おれは絵を見たらぞくぞくしちまったかも知れないんだよ。芸術を見るとおれはつい感動しちまうんだ。分る? 不感症じゃないんだよ、おれ。

(間)

ほんと気に入ったよ、あんたが絵描きだなんて。ひまな時にやるんだね?

スプーナー いかにも。

フォスター その絵は描いたの、「口笛を吹く人」は?

スプーナー いやまだです、残念ながら。

フォスター あんまりほっとかない方がいいね。インスピレイションが消えちまうかも知れない。

ブリグズ ビールのジョッキを絵に描いたことあるかね?

スプーナー 一度私のコレクションを見にいらっしゃい、いつでもいい時に。

ブリグズ 何のコレクション、ジョッキの?

スプーナー いやいや。絵です。

フォスター どこにおいてあるのさ?

スプーナー 田舎にある私の家です。腕によりをかけて歓待しますよ。

フォスター 誰が?

スプーナー 私の家内。私の娘二人。

フォスター ほんと? おれ、気に入られるかな? どう思う、あんた？　おれ、一目惚れされるかな？
スプーナー　（笑いながら）多分ね。
フォスター　この人ならどう？
（スプーナーはブリグズを見る）
スプーナー　うちの連中は世にも上品好みの女たちでね。
フォスター　運のいい人だ、あんた。何飲んでんの？
スプーナー　スコッチ。
（フォスターは戸棚のところへ行き、スコッチを注ぎ、グラスをもったまま立っている）
フォスター　ねえ、これどういうことだと思う？　昔おれが……東洋にいた時……いやなにおいのする浮浪者みたいなじじいが、きんたままる出しの素っ裸でやって来て、少々金を恵んでくれって言ったのよ。知らない野郎だ。全くの赤の他人さ。でもこいつは信用できないってことがすぐに分ったね。犬を連れてやがった。この犬とじじいと合せて、ついてる目玉はたった一つってとこさ。そこでおれはやつに金を投げてやった。やつはこの金をつかんで、何だかいやあな顔でそれを眺めてから、こっちへ投げ返して来たのさ。そこで当然おれはそいつをつかもうとする、さっと手を出す、ところが金のやつどっかへ消えちまったんだよ。どこにも落ちたわけじゃない。ただ消えちまった……空中へ……こっちへ飛んで来る途中で。じじいはそれから糞ったれとか何とかぶつぶつ言って、行っちまったよ、犬を連れて。ああ、それはそうと、これあんたのウィスキー。（それを彼に渡す）あんたどういうことだと思う、このできごと？
スプーナー　その男は手品師でしたな。
フォスター　そう思うの？
スプーナー　こういうできごとは辻褄を合せようなどとしない方がよろしい。
フォスター　あんた、東洋の神秘を信じないの？
スプーナー　それはいかにも東洋風のインチキ手品ですよ。
フォスター　ちんぷんかんぷんってこと？
スプーナー　その通り。御健康を祈って。（飲む）
（ハーストがガウンを着て登場する）
（ブリグズは戸棚のところへ行き、ウィスキーを注ぐ）
ハースト　眠れない。少し眠った。と思う。多分あれで十分なんだろう。そう。夢を見ていて、目がさめた。今はいい気持だ。誰かウィスキーをくれんかね？
（ハーストは腰を下す。ブリグズは彼のところへウィスキーをもって行く）

おやおや、これを私に？　どうして分った？　分ってたんだな。お前さんはよく気がつく。乾杯。今日初めての一杯だ。今日は何曜だ？　今は何時だ？　まだ夜なのか？

ブリグズ　そう。

ハースト　まだ同じ夜なのか？　私は滝の夢を見てたよ。いいや、そうじゃない、湖の夢だ。たしかあれは……ついさっきだ。覚えてるか、私がいつ床についたか？　まだ昼間だったかな？　いいもんだ、午後おそくに床に入るのは。紅茶とトーストの後で。夕暮の物音がかすかにし始め、それから何も聞えなくなる。よそでは誰も彼も夕食のために着替えてる。私はぐったりとして、シャッターを閉めた部屋で世間の先を越す。

（彼はグラスをブリグズに渡す。ブリグズはそれをみたして返す）

どうも気が滅入る。何のせいだろう？　夢のせいだ、きっと。滝の夢。いや、湖の夢だ。水。溺れてる。私じゃない。他の誰か。人がそばにいるのはほんとにいいもんだ。分るかね、目がさめたら誰もいなくて、ただ家具ににらみつけられてるだけという気分は？　全くいやなもんだ。私はそういう目にあって、そういう気分を味わって――乾杯――やっと人間にめぐりあった。君たちのような。よくぞここへやって来たよ。ひとりで笑おうとしたがね。哀れだよ。みんな酒はあるかな？

（彼はスプーナーを見る）

これは誰だい？　君等の友達かね？　私を紹介してくれないのかね？

フォスター　この人はあんたの友達だよ。

ハースト　昔の私は立派な人たちを知ってた。どこかにアルバムがあった筈だ。探してみよう。顔を見たら感心するよ。眉目秀麗で。バスケットをもって草の上に坐ってる。私は髭を生やしてた。友達にも髭を生やしてるのが随分いた。立派な顔。立派な髭。あの場面に溢れてた気分は？　仲間に対する思いやりといったところか。太陽が輝いてた。女たちは綺麗な髪をしてた、黒い、時には赤の。着てる服の下の身体は真白だった。みんな私のアルバムに残ってる。探してみよう。感心するよ、女の子たちの魅力には、あの気品、坐っても茶をついでも横になってもやさしさが溢れてるのには。みんな私のアルバムに残ってる。

（彼はグラスをあけ、それを差上げる）

誰かな、この中でいちばん親切なのは？

（ブリグズがグラスをもって戸棚のところへ行く）

すまん。君ら二人がいなければ一体どうなるかな？　いつまでもこうして坐ってることになりそうだ、誰かがグラスに酒を注いでくれるのを待ちながら。そうやって待ってる間は、何をすればいいんだろう？　アルバムを眺めるかな？　将来の計画をたてるかな？

ブリグズ　（グラスをもって来て）そうなりゃ、瓶のとこまで這って行って、そいつにむしゃぶりつくってことになるね。

ハースト　違う。私は威厳のある飲み方しかしない。

（彼は飲み、スプーナーを見る）

誰かね、この人は？　私の知合いかね？

フォスター　あんたの友達だって言ってるよ。

ハースト　私の本当の友人たちは、アルバムのページから私を見つめる。私には自分の世界があった。いや、今でもある。昔のことになってしまったからって、それをあざ笑ったり、疑ったり、ほんとにそんなものがあったかどうか怪しんだりはしないぞ、私は。そうとも。これは私の青春だ、決して消えたりはしない。そうとも。確かにあったんだ、これは。確固として存在した、そこにいた人たちも確固として存在した、そりゃあ……光の具合で変りはしたが、光が変るたびに……微妙にすがたを変えはしたが。

立上ったら、私の影が女の上に落ちかかった。女は見上げた。瓶をよこせ。瓶をよこすんだ。

（ブリグズは彼に瓶を渡す。彼は瓶から直接に酒を飲む）

消えてしまった。あれはほんとにあったのか？　消えてしまった。あれはなかったことなんだ。あれは今でもある。

私はいつまでもこうして坐ってる。

親切だな、お前さんたちは。教えてくれよ、天気はどんな具合なのか。頼むから教えてくれ、今はいつの夜なんだ、今日の夜か明日の夜か、それとも別の日か、一昨日の夜か。はっきりしろ。今は一昨日の夜なのか。

自由にやってくれ。ひとりで飲むのはいやだ。ひとりでやるのはうんざりだ。

何だ、あれは？　影。木の葉ごしの光。とんだりはねたり。茂みの中。若い恋人たち。滝。あれは夢だった。湖。

誰なんだ、夢の中で溺れてたのは？

何も見えなかった。覚えてる。忘れてしまった。そうとも、誓って。音がやんだ。凍てつくようだった。私の中に穴があいてる。どうしても埋まらない。水が通り抜ける、激しく、私の身体を。どうしてもとめられない。私は消えてしまいそうだ。誰の仕業だ？　息がつまる。毛皮だな、こいつは。毛皮だな、香水をふりかけた。人殺し、誰なんだ。

女は見上げた。私は茫然とした。あれほど美しいものは見たことがなかった。いけない、こいつは毒だ。こんな暮し方はできるもんじゃない。

何も覚えていない。私はこの部屋で椅子に掛けてる。君らの姿はよく見える、一人残らず。楽しい雰囲気じゃないか。みんな打解けて。

私は眠ってるのか？　水はどこにもない。誰も溺れてはいない。

そうだそうだ、さあさあ、しゃべれ、大声で、もっと声を張上げて、人を馬鹿にしやがって、畜生め、亡霊だ、のっぽの亡霊だ、聞えるぞ、貴様らの鼻歌が、おれはさっぱりした青いシャツを着てリッツにいる、さっぱりした青いシャツを着てリッツにいる、あいつはよく知ってるぞ、葡萄酒係の給仕のボリスだ、ボリスだ、何年も前からいる、目がつぶれるような影、そして水の流れ——

スプーナー　私ですよ、あなたの夢の中で溺れてたのは。

（ハーストは床に倒れる。一同は彼のそばに寄る。フォスターはスプーナーの方を向く）

フォスター　消えちまえ。

（ブリグズはハーストを抱起す。ハーストは彼の手を払いのける）

ハースト　手を離せ。

（彼はまっすぐに立つ。スプーナーが彼に近づく）

スプーナー　この人には孫がいる。私同様。かく言う私も。二人とも人の子の親だ。同い年なんだよ。この人がしてほしいことは分ってる。私が腕をとろう。老人を大事にし給え。さあ、坐らせてあげよう。

（彼はハーストの腕をとり、椅子の方へ連れて行く）

この人たちには憐れみってものがない。

フォスター　畜生。
スプーナー　あんたの本当の友達は私だ。だからなんだよ、あんたが夢を見て……あんなにこたえたのは。あんたは私が溺れる夢を見た。でも心配は要らないよ。私は溺れちゃいない。
フォスター　畜生。
スプーナー　（ハーストに）コーヒーでもいれようか？
ブリグズ　アムステルダムのウェイターになった気でいやがる。
フォスター　サーヴィス料は別になっております。
ブリグズ　しかるにやつはほんとはブルズ・ヘッドでジョッキを片づけてる。その上、しびんも。
フォスター　どうやら旦那は今夜ブルズ・ヘッドへ出かけて行って、間の悪い奴に逢ったらしいぜ。（スプーナーに）ねえおっさんよ、何だか思い違いをしてるんじゃないの。ここは場末の掘立小屋じゃないんだよ。金もある、地位もあるって立派な方のお屋敷なんだ。分る、おれの言うこと？

（彼はブリグズの方を向く）

なんだっておれ口を出してんだろ？　え？　なぜなんだ？

（彼はまたスプーナーの方を向く）

いいかい与太公。おれたちはこの方がくさい話に乗らないように、山師や悪党にひっかからないように、護ってるんだ、あんたなんか一発でけりがつくぜ、この方の面倒を見てるんだよ、おれたちは、ただよかれと思って。

（彼はブリグズの方を向く）

なぜおれはこいつにものを言ってんだ？　ろくでなしにかかわりあうなんて時間の無駄だ。頭が変になってんのかな、おれ。ふだんはおれはあまりしゃべらない。別にしゃべらなくてもいい。普通ならおれはおとなしくしてるんだ。

（彼はまたスプーナーの方を向く）

理由は分ってるよ。どっかあんたに惹かれるとこがあるんだ。
スプーナー　私の物腰のせいです。
フォスター　きっとそうだろうな。
ブリグズ　こいつは以前にアイルランドの野郎に好きなようにされたことがあってね。
フォスター　アイルランド人を相手にしたことがあれば、何が現れたって平気さ。（スプーナーに）いいかい。変な真似はよそうぜ。分るね？　あんたがついさっき手をかけたのは、金持の偉い人だ。ふだんはこういうことしないんだろ、おっさん。どう言えば分るかな？　身分が違うのよ。ここはね、あんたにはまるで縁のない世界なんだよ。絹、オーガンディ、生花、十八世紀の料理の本、そういうものの世界なんだよ、ここは。駄菓子やポテトチップスとは違うんだ。牛乳風呂。ベルを鳴らすための布製の引綱。有力団体。そういうものの世界さ、ここは。

ブリグズ　かすには縁がない。

フォスター　かすには縁がない。ここじゃほんものしか扱わないのさ。安物はお断り、二流の品はお断り、古いブランディなら何でもいいってわけじゃないんだよ。図に乗って足をとられないように気をつけるんだな。（ブリグズに）こいつの頭を蹴とばしてけりをつけちまおうか？

スプーナー　私は御主人とは同い年でね。私も田舎へピクニックに出かけたもんです、御主人と同じ頃に。

フォスター　ねえあんた。この椅子に坐ってるこの人はね、ものを作る人だ。芸術家だよ。だからおれたちが生活の面倒見てあげてんだよ。信用されてるんだ、おれたちは。幸福な家庭にちょっかいを出すのは、よそうじゃないか。分るね？　家庭生活を尊重しろってことだよ。

ブリグズ　（フォスターに）お前の手に余るんなら、おれやるよ。

（彼はスプーナーの方へ行き、人差指で招く）

ちょいと来な。

ハースト　サンドウィッチはどうした？　パンを切れ。

ブリグズ　切ってあるよ。

ハースト　嘘だ。切って来い！

（ブリグズはじっと立っている）

ブリグズ　パンを切って来るよ。

（彼は部屋から出て行く）

ハースト　（スプーナーに）あんた、どこかで見たことがあるよ。

フォスター　おれ、家の掃除をしなきゃ。誰もやってはくれないんだよ。あんたの顧問計理士が朝飯を食いに来るんだ。献立を考えとかなきゃ。来るたんびに好みが変るんだからな。ゆで卵とトーストを欲しがるかと思うと、次の時にはオレンジジュースとポーチトエッグ、その次はスクランブルドエッグにスモークサーモン、またその次はきのこのオムレツにシャンペンって具合だ。もう今にも夜が明けるよ。明日になる。顧問計理士は今ごろ朝飯の夢を見てる。卵の夢を見てる。卵、卵。どんな卵なんだよ。おれはもうくたくただ。夜通し起きてた。でも休めない。決して休めない。あくせくし通しだ。これがおれの人生なんだ。時々ふと気がついて懐しくてたまらなくなるよ。ロンドンじゃ、おれ、自分の生活ができない。おれが何を懐しがってるのか、誰も分ってくれないんだ。

（ブリグズが登場し、立ったまま聞いている）

おれが懐しがってるのは、シャムの女だ。バリの女だ。ここじゃ連中に逢うことはないよ。たまさか、英語学校の入口で逢うことならある、連中は英語を習ってるんだ、自分の国の言葉で男といちゃいちゃするだけの度胸はないから。とにかくリージェント・ストリートではやれない。いちゃいちゃか。それさえできれば満足だって気になることもあるよ。おれはこんな暮しをしてなくたっていいんだ。もっといい目も見られるんだ。何も因業野郎の面倒見て一生棒に振ることはない。おれの器に合った仕事を見つけて、楽しくやったっていいんだ。正しい器に正しい仕事さ。

ブリグズ　パンが切れてるぞ。ハウスキーパーが知らん顔ですむのか。ノイローゼのホモ野郎め。怠けることばかり考えてやがる。人でなしのヒモ野郎。こいつはマレー海峡あたりで、ベッドに入ったまま熱いトディを飲むような暮しをしようってんだ。たかだか両刀使いの流れ者のくせしやがって。（スプーナーに）どけよ。

（スプーナーは彼の行手をあける）

（ハーストに）立つんだ。

（ハーストはゆっくりと立上る。ブリグズは彼をドアの方へ連れて行く）

（ハーストに）停るんじゃない。前を見て。

ハースト　知ってるぞ、あの男は。

（ブリグズはハーストを連れて部屋から出て行く）

（沈黙）

フォスター　ねえ、昔砂漠で見たんだがね、オーストラリアの砂漠で。傘を二本もってる男がいたのさ。傘を二本。奥地でね。

（間）

スプーナー　雨が降ってたのかね？

フォスター　いや。上天気だったよ。おれ、もう少しでこれはどういうことって聞こうとしたけど、やめることにしたよ。

スプーナー　なぜ？

フォスター　だって、やつはきっと気違いなんだろうって思ったからさ。訊ねたって、どうせ余計分らなくなるだろうって。

（フォスターは部屋を歩きまわり、ドアのところで立停る）

ねえ。電燈のついてる部屋にいる時に不意に電燈が消えたら、どんな感じだと思う？　教えたげるよ。こんな感じ。

（彼は電燈を消す）

――闇――

第二幕

（朝。

スプーナーがひとりで部屋にいる。カーテンはなお閉じたままだが、幾筋もの光が部屋にさしこんでいる。

彼は腰を下している。

彼は立上り、ゆっくりとドアの方へ行き、疲れ切ってとってをまわそうとし、戻って来る）

スプーナー　見たことあるぞ、この様子。閉じこめられて朝が来た。他人の家の沈黙に。

（彼は腰を下し、身ぶるいする）

（ドアの鍵が外される。ブリグズが鍵をもって入って来る。彼はスーツを着ている。カーテンを開ける。昼間の光）

ブリグズ　お腹がおすきかどうか聞いて来いと言われましたんで。
スプーナー　食事ですか？　私、全然やらないんで。
ブリグズ　顧問計理士が現れなくてね。その人の分の朝飯がありますよ。先方は電話で献立を註文しておいて、その後また電話で約束を取消して来たんでさ。
スプーナー　理由は？
ブリグズ　ジャックでさ、電話に出たのは、あたしじゃないの。
スプーナー　あんたの友達が聞いた理由は？
ブリグズ　ジャックの話じゃね、計理士は全くもって不意に途方もない財政的破綻状態に陥ったんだそうで。

（間）

スプーナー　とすると、その人も計理士の世話にならなきゃいけないわけだ。

（間）

ブリグズ　朝飯もって来るのよしますぜ、無駄にするんなら。
スプーナー　私は無駄が何より嫌いでね。

（ブリグズは出て行く）

見たことあるぞ、この様子。見知らぬ人がドアを開け、いと有難きお申出。薔薇にとげあり、御用心。

（沈黙）

（ブリグズが盆をもって登場する。盆の上には、銀の蓋をした朝食の料理とバケツに入れたシャンペンの瓶がのっている。
彼は盆を小さなテーブルの上におき、椅子をテーブルのそばへもって来る）

ブリグズ　スクランブルドエッグです。シャンペンあけましょうか？
スプーナー　冷えてますか？
ブリグズ　氷みたいに。
スプーナー　どうかあけて下さい。

（ブリグズは瓶をあけ始める。スプーナーは皿の上の蓋をすべてとり、みつめ、蓋を横において、トーストにバターをぬる）

料理はどなたが？
ブリグズ　仕事はみんな共同でね、ジャックとあたしが。

（ブリグズはシャンペンを注ぐ。グラスを差出す。スプーナーはシャンペンを一口飲む）

（間）

スプーナー　結構。

（スプーナーは食べ始める。ブリグズは椅子をテーブルに寄せ、腰を下して見ている）

ブリグズ　あたしたちは古い友達でね、ジャックとあたしは。どこかの街頭で逢ったのさ。言っとくけど、やつはこの話嘘だと言うよ。やつのする話は違うよ。ある時、あたしは通りの角に立ってたのさ。すると車が寄って来た。それがやつだった。やつが言うには、ボルソーヴァー・ストリートへはどう行けばいいでしょうか。あたしが言った、ボルソーヴァー・ストリートは一方通行の道がややこしく入組んだど真中にある。この一方通行の道へ入るのはわけはない。ただ問題は、一旦入りこんじまうと出られないってことだ。あたしが言ってやったのは、どうしてもボルソーヴァー・ストリートへ行きたいんなら、いちばんいいやり方は、最初の角を左へ曲り、次に最初を右、二つ目を右、三つ目を左、金物屋の店を目印にして、広場を右へ曲り、内側の車線を走って、右側の二つ目の小路を曲って停る。すると、三日月形の中庭のあるおそろしく背の高いビルが正面に見える。このビルが丁度都合のいいところにあるから、中庭をぐるりとまわって、逆の方向から出て来て、矢印に従って信号を二つ通りすぎ、最初に出くわすグリーンのライトが指示してる通り次の角を左へ曲る。この間中ずっとポスト・オフィス・タワーが見えてる。この先はただバックして地下の駐車場へ入り、ギアを変え、直進するだけ、すると細工は粒々、ちゃんとボルソーヴァー・ストリートに出てる。もっともやつに言ってやったがね、まだ問題がないわけじゃない、つまりボルソーヴァー・ストリートを見つけても、そいつを見失うおそれがあるってことよ。知合いに一人か二人、ボルソーヴァー・ストリートを何年も行きつ戻りつしてるやつがいるって、教えてやったよ。連中はあたら青春をあそこで台なしにしちまった。あそこに住んでる連中と来たら、顔は真っ青、息はたえだえ、だのにみんな知らん顔してるんだよな。みんな、連中が不当に金をもうけやしないかってことしか気にしてない。あたしゃ『タイムズ』に投書してやったよ。「行きどまりの人生」って題をつけて。何の役にも立たなかったけど。とにかくね、やつには言ったよ、いちばんいいのはボルソーヴァー・ストリートへ行こうなんて考えはきれいさっぱり忘れることじゃないかって。今でも覚えてるけど、こう言ったんだ——あっちへ行くってその考え、あきらめな、命取りになりかねないぜ。でもやつが言うには、届けなきゃならない荷物があるって。

とにかく、やつを相手にこれだけのことをしてやったのは、やつがさっぱりしたいい顔つきの男だったからさ。いつでもひとの役に立つ人間みたいに見えた。普通ならあたしははなもひっかけないんだ。言っとくけど、やつはこの話嘘だと言うよ。やつの話は違うよ。

（スプーナーは皿に蓋をする）

（ブリグズはスプーナーのグラスにシャンペンを注ぐ）

この前はいつだった、朝飯にシャンペンを飲んだのは？

スプーナー　それがね、実を言うと私はシャンペンを飲みつけててね。

ブリグズ　ほう、そうかね。

スプーナー　葡萄酒のことなら心得てる。（飲む）ディジョン。三〇年代。ディジョンへは葡萄酒の味見によく行ったもんだ、私のフランス語の飜訳者と。その男が死んでからも、やはりずっとディジョンへ行ってましたね、どうにも行けないようになるまでは。

（間）

ヒューゴー。いいやつだった。

（間）

もちろん知りたいでしょう、この男が飜訳したのは何なのか。答は、私の詩。私は詩人なんです。

（間）

ブリグズ　詩人てのは若いもんじゃないの。

スプーナー　若いよ、私は。（彼は瓶に手を出す）一杯いかがです？

ブリグズ　いや結構。

（スプーナーは瓶を点検する）

スプーナー　上物だ、通が選んだな。

ブリグズ　あたしじゃないよ。

スプーナー　（注ぎながら）詩の飜訳というのはおそろしくむずかしい仕事でね。今やルーマニア人だけだね、この道にかけてまともなことがやれるのは。

ブリグズ　ちょっと朝早すぎるんじゃないかな、こういう話をするには、え？

（スプーナーは飲む）

全部あけちまいなよ。医者の命令だ。

スプーナー　それはそうとお訊ねしたいんだがね、私はなにゆえこの部屋に閉じこめられたのか。

ブリグズ　医者の命令。

（間）

言っとくれよ、コーヒーがほしくなったら。

（間）

すごいだろうね、詩人でファンがつくってのは。それに飜訳者が。それに若いなんて。あたしはどっちでもなくてね。

スプーナー　そうだ。それで思い出した。そろそろ失礼しなければ。十二時に会議があるんだ。朝御飯どうも御馳走さま。

ブリグズ　会議って何の？

スプーナー　ある委員会のね。私は最近発刊が決った詩の雑誌の編集委員なんだ。第一回の会合が十二時にある。遅れるわけにはいかない。

ブリグズ　場所はどこなんで？

スプーナー　チョーク・ファームのブルズ・ヘッド。主人が親切にも二階の個室を使わせてやると言ってね。この会議には何としても邪魔が入っては困る、編集方針を話し合うことになってるもんでね。

ブリグズ　チョーク・ファームのブルズ・ヘッド？

スプーナー　そう。主人が私の友達なんだよ。そういうわけでわざわざ個室を使わせてくれることになったんだ。そりゃもちろん、ランサー卿が会議に出席されるってことを教えはした。主人はすぐに分ってくれたよ、こいつはある程度隠密にことを運ばなければならんのだということを。

ブリグズ　ランサー卿？

スプーナー　この雑誌のパトロンだ。

ブリグズ　ランサーといえばつまり槍騎兵だ。ベンガルの槍騎兵とは関係ないの？

スプーナー　いやいや。この方はノルマンの血を引いてらっしゃる。

ブリグズ　文化人ってわけで？

スプーナー　その点じゃ資格は申し分ない。

ブリグズ　こういう貴族連中の中には芸術の嫌いなやつがいるね。

スプーナー　ランサー卿は立派な方だ。芸術を愛しておられる。しかもそのことを公言しておられる。あの方は口に出したことを実行しないような方じゃない。しかし、もう行かなくちゃ。詩人なら時間にこだわらなくてもいいといった考え方を、ランサー卿は支持なさらんのだ。

ブリグズ　ジャックにもパトロンがつくといいんだがね。

スプーナー　ジャック？

ブリグズ　やつは詩人なのさ。

スプーナー　詩人？　それはそれは。そうだね、何なら作品の見本を送ってくれ給え、用紙は四折判、ダブルスペースでタイプすること、紛失等の事故にそなえてコピーはそれぞれ別にファイルし別送すること、返信用に宛名明記、所定額の切手を貼った封筒を添えること、という条件で、それに目を通してもよろしい。

ブリグズ　そいつは御親切に。

スプーナー　どう致しまして。言っといて下さい、率直で行届いた、しかも、自分の口から言うのは何だが、なかなかつぼを心得た批評をして差上げますとね。

ブリグズ　言っときましょう。やつはほんとにパトロンをほしがってんのさ。うちの旦那がパトロンになってくれてもいいんだけど、向うにその気がなくてね。きっと自分も詩人だからだろうね。やいてるってこともあるかも知れない、分らないけど。いや、別に旦那が親切な人じゃないとは言ってやしない。とても親切なんだ。とても紳士で。でもやはり人間だものね。

（間）

スプーナー　御主人は……御自分も詩人だって？

ブリグズ　冗談じゃない。詩人は分りきってるよ。しかもエッセイストで批評家でもある。文学者なんだよ、あの人は。

スプーナー　どうも見覚えのある顔だと思った。

（電話が鳴る。ブリグズはそちらへ行って受話器をとり、聞入る）

ブリグズ　分りました。

（ブリグズは盆をもちあげ、それをもって出て行く）

（スプーナーは坐ったままでいる）

スプーナー　見たことあるぞ、この様子。聞えぬ声に聞入るは、二階の命令受ける人。

（彼はシャンペンを注ぐ）

（ハーストがスーツを着た姿で、ブリグズを従えて登場する）

ハースト　チャールズ。ほんとによく来てくれたな。

（彼はスプーナーの手を握る）

みんなちゃんと世話をしてたかね？　デンソン、コーヒーでもいれてくれ。

（ブリグズは部屋から出て行く）

随分元気そうだな。全然変ってない。スクオッシュ・テニスのせいだろう。身体がいつまでも若いよな。君はオックスフォードではなかなか花形だったな、たしか。まだやってるのかい？　賢明だよ。いいことだ。全くもって、何十年ぶりだよ。いつだった、この前に逢ったのは？この前に一緒に飯を食ったのはたしか三八年、場所は大学のクラブじゃなかったかな。それで君の記憶にも合ってるかい？　クロクスリーがいた、そう、ワイアット、思い出すな、バーストン＝スミス。何て連中だ。大変な晩だったな、思い出してみると。もちろんみんなもう死んじまった。いや違う！　何て馬鹿な。馬鹿だよ、おれは。この前に逢ったのは——よく覚えてるぞ。三九年、場所はローズ・クリケット競技場の観覧席、西インド軍を迎えての一戦で、ハットンとコンプトンの打撃がふるい、投手はコンスタンタイン、戦争が今にも始まりそうな世の中だった。そうだろう、たしか？　一緒にとびきりうまいポートワインをあけたな。君は今でもあの頃と同じ位元気そうだ。戦時中は手柄をたてたのかい？

（ブリグズがコーヒーをもって入って来て、それをテーブルにおく）

やあ、すまん、デンソン。そこにおいといてくれ。あとはいい。

（ブリグズは部屋を出る）

エミリーはどうしてる？　すばらしい女だ、全く。（コーヒーを注ぎながら）ブラックで？　さ、どうぞ。すばらしい女だよ、ほんとに。実は昔、僕も惚れてたことがあってね。もう白状しちまうよ。ある時、ドーチェスターの田舎へ茶を飲みに連れ出してね。胸の思いを打明けた。いちかばちか、当って砕けろってわけだ。君を裏切れと言ったのさ。そりゃ君はすてきには違いない、でも別に君のものを奪おうというんじゃない、どんな女でも万一にそなえて予備にもってるもの、そいつをくれと言ってるだけだ、そう言ったんだよ。大変だったよ、言うことを聞かせるのは。君に心から惚れてるんだから、君を裏切ったら自分の人生は無意味になる、なんて言いやがってね。バターを塗ったスコーン、ウィルトシャー・クリーム、クランペット、苺、これだけ順ぐりに出して口説いたよ。それでとうとう向うも僕のものになった。君はこれまで知らなかったろ、え、おい。まあ、お互いこれだけ年をとったら、今更どうだっていいことだよ、なあ？

（彼はコーヒーをもって腰を下す）

僕はその夏の間、田舎に小さな別荘を借りた。エミリーは週に二、三度、車で僕のところへやって来たな。エミリーが買物をするスケジュールには、僕との逢いびきがちゃんと組みこまれてたのさ。君たち二人ともあの頃は農場に住んでた。そう。エミリーの親父さんの農場だ。エミリーが来るのは、お茶の時間とかコーヒーの時間とか、やましくない時間帯さ。あの夏のあの人は僕のものだった、君は自分ひとりのものと思いこんでたろうけど。

(彼はコーヒーを啜る)

あの人は僕の別荘が気に入ったな。花が気に入った。僕と同じように。水仙、クローカス、かたくり、フクシア、黄水仙、撫子、美女桜。

(間)

あの人のやさしい手。

(間)

あの人が黄水仙をいじってた手つきは決して忘れないよ。

(間)

覚えてるかい、三七年だったかな、あれは、君はあの人を連れてフランスへ行った。僕が同じ船に乗ってたんだよ。僕は自分の船室にこもってた。君が運動をしている間にあの人は僕のところへ来た。あれほど激しい燃え方は僕の経験じゃ空前絶後だ。いや全く。

(間)

君はずっと自分の身体の……調子に、気をとられてた……てたんじゃね。そうだろう？　無理はないよ。あんなにいい身体をしてたんじゃね。天成のスポーツマンだ。メダルや賞状は貰う、金文字で名前は刻まれる。ひとたび一着でテープを切った者は、永遠にテープを切り続ける。輝ける瞬間は決して消えることがない。君は今でも走ってるのか？オックスフォードを出てから、なぜあんなに逢う機会がなかったんだろう？　だってね、君にはもう一つ得意の分野があっただろう、え？　君は文学青年だった。僕同様に。そりゃもちろん、時たま一緒にピクニックはやった、タビー・ウェルズとかああいう連中と、時たまクラブで一緒にハイボールを飲んだことはある、しかしついぞ親しくはならなかったな。なぜだろう。そりゃ、僕はごく若い時に売出しはしたよ。

(間)

確か戦時中は手柄をたてたと言ったな、え？

スプーナー　まあ人並にはな、うん。

ハースト　そいつはいい。空軍かい？

スプーナー　海軍だ。

ハースト　そいつはいい。駆逐艦かい？

スプーナー　水雷艇だ。
ハースト　すばらしい。ドイツ兵をやっつけたかい？
スプーナー　一人か二人ね。
ハースト　よくやった。
スプーナー　で、君は？
ハースト　陸軍情報部にいた。
スプーナー　ほう。

（間）

ハースト　文学の方は続けたのかい、戦後も？
スプーナー　そりゃもう。
ハースト　僕もだ。
スプーナー　なかなか盛んにやって来たんだろ。
ハースト　ああ、そりゃね、そう。もう峠は越したよ。
スプーナー　ステラに逢うことはあるかね？

（間）

ハースト　ステラ？
スプーナー　まさか忘れてはいないだろう。
ハースト　ステラ何だ？
スプーナー　ステラ・ウィンスタンリー。
ハースト　ウィンスタンリー？
スプーナー　バンティ・ウィンスタンリーの妹だ。
ハースト　ああ、バンティか。いや、あの女には全然逢わない。
スプーナー　君は少々御執心だったな。
ハースト　僕がかい、おい。どうして知ってた。
スプーナー　僕はバンティが大好きでね。あいつは君のことで本当に腹を立ててたよ。ぶんなぐってやりたいと言ってた。
ハースト　理由は？
スプーナー　あいつの妹を犯したから。
ハースト　そんなこと、やつに何の関係がある？
スプーナー　あいつはステラの兄だった。
ハースト　そのことだよ、おれが言ってるのも。

（間）

君は一体何を言いたいんだ？
スプーナー　バンティはルーパートをステラに紹介した。あいつはルーパートがひどく気に入ってたからな。あいつだよ、結婚式で花嫁を花婿に引渡す役をつとめたのは。あいつとルーパートは随分昔からの友達だった。君をむちでひっぱたくなんていきまいてたな。
ハースト　誰が？
スプーナー　バンティが。
ハースト　あいつにはおれに面と向って口をきくだけの度

胸なんてなかったぞ。

スプーナー　ステラがやめてくれって頼んだんだよ。手を出すのは控えてくれといって頼みこんだ。ルーパートにしゃべらないでくれといって頼みこんだ。

ハースト　なるほど。しかしバンティには誰がしゃべった？

スプーナー　バンティには僕がしゃべった。バンティがとても気に入ってたんだよ。僕はステラのこともとても気に入ってた。

（間）

ハースト　君はその一家と随分親しくしてたらしいな。

スプーナー　主にアラベラとね。よく一緒に乗馬をやったもんだ。

ハースト　アラベラ・ヒンスコットかい？

スプーナー　そう。

ハースト　オックスフォードで知ってた。

スプーナー　僕もだ。

ハースト　僕はアラベラが大好きだった。

スプーナー　アラベラは僕が大好きだった。バンティにはついぞ分らなかったよ、一体どんな風にアラベラは僕が好きなのか、あるいは僕が好きだからアラベラはどんなことをするのか。

ハースト　何の話だ、はっきりしてくれ。

スプーナー　バンティは僕を信用してた。あの二人の結婚式で花婿の介添人をつとめたのは僕なんだよ。あいつはアラベラも信用してた。

ハースト　言っとくがね、僕はアラベラって女はずうっと非常に好きだった。あの女の親父さんに僕は教わったんだ。あの家にはよく泊めて貰ったよ。

スプーナー　親父さんなら僕はよく知ってた。僕に随分目をかけてくれたよ。

ハースト　アラベラはとても上品で行届いた感覚の持主だった。

スプーナー　同感だ。

（間）

ハースト　つまりこう言いたいのか、君はアラベラと関係したんだと？

スプーナー　一種の関係だな。先方には行くところまで行ってしまう気はなかった。そこでアラベラ好みのやり方で我慢した。つまり、男性のものをしゃぶるという。

（ハーストは立上る）

ハースト　どうやら貴様はひどいごろつきらしいな。よくもアラベラ・ヒンスコットのことをそんな風に。貴様なんかクラブから除名してやる！

スプーナー　おやおや、それならあえて申しますが、あなたはわたくしの妻エミリー・スプーナーのことでステラ・ウィンスタンリーを裏切り、ひと夏通じて汚らわしいやり口を続けたのではありませんか、そのことは当時ロンドン周辺では広く知れ渡っていたのではありませんか？　ついでに言うなら、ミュリエル・ブラックウッドとドリーン・バズビーはあなたの狂おしくも変態じみた性的横暴の犠牲となって、遂に立直れなかったのではありませんか？　更に申せば、あなたが友達づきあいの挙句にジェフリー・ラムズデンをただれた生活に引きずりこんだことは、オックスフォードにあってはベイリオル、クライストチャーチ両カレッジのもっぱらの話題ではありませんでしたか？

ハースト　こいつは破廉恥だ！　よくもそんなことを。貴様、むちでひっぱたいてやる。

スプーナー　破廉恥に振舞ったのはあなたの方です。わが妻を妙《たえ》なる代表とする、造化の妙たる女性に対して。非道かつ破廉恥に振舞ったのはあなたの方です、神の名において私と結ばれた女性に対して。

ハースト　私が？　非道かつ破廉恥に？

スプーナー　そう、破廉恥に。妻は私に何もかも話してくれた。

ハースト　君は百姓女のたわごとに耳をかすのか？

スプーナー　その通り、種蒔く人という意味で私は百姓だったから。

ハースト　種蒔く人なもんか、君が。週末ごとにマスかいて貰ってただけじゃないか。

スプーナー　私は例のウェセックス讃歌をウェスト・アップフィールドのサマーハウスで書いたんだがね。

ハースト　僕は不幸にしてそれを一度も読んだことがないんだ。

スプーナー　これはテルツァ・リーマで書かれておりましてね、この形式は、こう言っては失礼だが、あなたは一度ものにされたことがなかった。

ハースト　何と無礼な言草だ！　誰なんだ、貴様は？　おれの家で何してる？

（彼はドアのところまで行って呼びかける）

デンソン！　ハイボールだ！

（彼は部屋を歩きまわる）

貴様はどう見てもごろつきだ。おれの知ってるチャールズ・ウェザビーは紳士だった。落ちぶれちまったもんだな。可哀そうになるよ。理想に燃えてた頃の意気ごみはどこへ行った？　便所に流しちまったな。

（ブリグズが登場し、ハイボールを作ってハーストに渡す。ハーストはそれを見る）

便所に流せ。身体を素通りして流れちまえ。（飲む）私には分らん……どうしても分らん……だのに身近に例がある……何人も何人も……世にも教養のある、神経の行届いた人が、やすやすと、ほとんど一夜のうちに、変ってしまって、ゆすり、たかり、ものとりの類になるのだ。私の若い頃には、誰も変りはしなかった。そのままだった。人間を変えることができるのは宗教だけ、こいつはとにかくみじめでも見映えがした。

（彼は酒を飲み、自分の椅子に坐る）

お互いにごろつきじゃないんだ。僕は我慢するよ。君には親切にしよう。書庫を見せてやろう。書斎だって見せてやってもいい。それどころか、僕のペンや吸取板だって見せてやろう。足載せ台だって見せてやろう。

（彼はグラスを差出す）

もう一杯。

（ブリグズはグラスをとり、みたし、返す）

それどころか、アルバムだって見せてやってもいい。君にも見覚えのある顔が一つあるかも知れないぞ、君が自分自身の顔を、昔の自分の顔を思い出すような顔が。かげになってる他の連中の顔、横を向いてる他の連中の頰、あご、首すじ、帽子のせいでよく見えない目、そんなものを見て、君は他の連中を思い出すかも知れない、かつて君が知っていた連中、とっくに死んだと思ってたろうが、今でも流し目をくれる連中だよ、よき亡霊にあえて面と向うことが君にできるならばね。よき亡霊の愛情は認めてやれよ。連中のわき上る感情は……内にこもったままだ。頭を下げるんだ、そいつに。もちろんそれで連中が解放されるというわけじゃない、でも、あるいは……うんと気が楽になる……かも知れないんだ、連中は……元気づくかも知れないんだ、連中は……鎖につながれていても、ガラスの壺に閉じこめられていても。残酷だというのかね……とりこになって動けない連中を元気づかせたりするのは？　違う……違うんだ。深く、心の底から、連中は君の手ざわり、君のまなざしに応えたがってる、だから君が微笑みかけたら、連中は……有頂天になるんだよ。だからこう言わせてくれ、死者には愛情を注ぐこと、君が、今、自らの人生と称したがっているものにおいて愛情を注がれたがっているがごとくに。

（彼は飲む）

ブリグズ　連中は幻だよ、え、幻。生命のかけらもない幻さ。

（沈黙）

ハースト　馬鹿な。

（間）

その瓶をよこせ。

ブリグズ　いやだ。

ハースト　なに？

ブリグズ　いやだって言ったの。

ハースト　よせよ、冗談は。瓶をよこすんだ。

（間）

ブリグズ　いやだと言ったんだよ。

ハースト　いやだと言うなら、首がとぶぞ。

ブリグズ　おれをくびにはできないね。

ハースト　なぜだ？

ブリグズ　おれは出て行かないもの。

ハースト　私が出て行けと言ったら、行くことになる。瓶をよこすんだ。

（沈黙）

（ハーストはスプーナーの方を向く）

瓶をもって来てくれ。

（スプーナーは戸棚のところへ行く。ブリグズは動かない。スプーナーはウィスキーの瓶をとり上げ、それをハーストのところへもって行く。ハーストは酒を注ぎ、瓶をそばにおく）

ブリグズ　おれも一杯飲もう。

（ブリグズはグラスをもって瓶のところへ行き、酒を注いで飲む）

ハースト　何たる図々しさだ。いや、まあよろしい。こいつは昔からろくでなしだった。雨が降ってるのか？　よく雨が降るんだ、八月には、イギリスでは。君はイギリスの田園の溝を調べてみることがあるかい？　小枝の下、枯葉の下に、テニスのボールがよく隠れてるもんだ、黒くなって。女の子が犬のために投げてやる、子供たちがお互いに投げ合う、ボールはころがって溝に落ちる。そしてそのまま、消えてしまったことにしてほっておかれる、何百年も。

（フォスターが部屋に入って来る）

フォスター　朝の散歩の時間だよ。

（間）

朝の散歩の時間だって言ったんだけど。

ハースト　朝の散歩？　いやいや、今朝はあいにく時間がない。

フォスター　ハムステッド・ヒースを歩く時間だよ。

ハースト　とても無理だ。忙しくて。することが多すぎる。

フォスター　あんたが飲んでんの何？

スプーナー　頭に来るもの、つまりウィスキー。

ハースト　（スプーナーに）何てことだ、君は飲んでない。グラスはどこにある？

スプーナー　これはどうも。チャンポンはよした方がいいと思うんでね。

ハースト　チャンポン？

スプーナー　さっきはシャンペンを飲んでた。

ハースト　そうだった、そうだった。アルバート、もう一本。

ブリグズ　承知しました。

（ブリグズは出て行く）

ハースト　とても無理だ。することが多すぎる。エッセイを書かなきゃいかん。評論だ。ファイルを調べて、確かめなきゃいかん、何を論評することになってるのか。今は思い出せない。

スプーナー　そのことなら私が手伝ってあげよう。

ハースト　ほう？

スプーナー　理由は二つ。第一に、ものを探すことなら私は得意中の得意だ。ファイルの書類なら何だって見つけてみせるよ。第二に、評論なら自分でも結構書いたことがある。あんた、秘書は使ってるのかな？

フォスター　おれだよ、秘書は。

スプーナー　君ほどの才能の持主が秘書とはもったいない。若い詩人はすべからく旅をすること。旅をして苦労すること。海軍にでも入って、荒海を荒しまわる。航海、そして探険だ。

フォスター　船乗りならやったことがあるよ。経験ずみなんだ。ここにいるのはいてほしいって言われてるからさ。

（ブリグズがシャンペンをもって登場し、ドアのところで立停って聞入る）

スプーナー　（ハーストに）写真のアルバムのことを言ったね。私と一緒に見るのはどうかね。私なら一つ一つの顔に名前をつけられると思うんだ。しかるべき発掘作業が遂行できる。そう、自信をもって言うが、私はその方面では随分役にたつと思うんだが。

フォスター　写真に出てる顔にはね、名前がないんだよ。

（ブリグズが部屋へ入って来て、シャンペンのバケツをおく）

ブリグズ　そう、これからもずっと名前はないんだよ。

ハースト　私の魂のどこかにあるんだ……生きている者は一人も……これまでに……そして、これからも……立入れないところが。

（ブリグズはシャンペンをあけ、スプーナーのためにグラスをみたす）

ブリグズ　さあどうぞ。あけたてのほやほや。（ハーストに）一杯いかがで？

ハースト　いやいや。私はこのまま……このままで通すよ。

ブリグズ　あたしはトモダチさんにつき合おうかと思うんだけど、いいですかね？

ハースト　いいとも。

ブリグズ　（フォスターに）お前さんのグラスはどこだい？

フォスター　いらないよ。

ハースト　おいおい、水臭いことを言うな。つき合いじゃないか。自分を縛ってる世間には調子を合せるもんだ。まるで鉄のかせをはめるようにお前さんを縛ってる世間にはな。打解けるもんだよ。

（ブリグズはフォスターのためにグラスをみたす）

フォスター　まだ昼飯の時間にもなってないよ。

ブリグズ　シャンペン飲むのにいちばんいい時間は昼飯の前だ、このおかま野郎。

フォスター　おかまなんて言うなよ。

ハースト　いいかね、我等三人は誰よりも古くからの友人だ。

ブリグズ　だから、こいつをおかまって言ったんだ。

フォスター　（ブリグズに）黙れよ。

（ハーストはグラスをあげる）

ハースト　我等の幸運のために。

（「乾杯」というつぶやき。一同は飲む。ハーストは窓を見る）

その……光……あれは暗い……とても昼には見えない。光が薄れて行く、急速に。不快極まる。カーテンを閉めよう。電燈をつけてくれ。

（ブリグズはカーテンを閉め、電燈をつける）

ああ。これで落着く。

（間）

本当に有難い。

（間）

今日こそ私は結論を下そう。いくつか……片づけたいことがある、今日こそ。

スプーナー　私、手伝いましょう。

フォスター　おれね、バリにいたんだよ、ここへ呼ばれた時は。別にバリを離れなくてもよかった、ここへ来なくてもよかった。でもおれ、何だか……断れないような……来るほかないような気がしたんだ。あんな綺麗な島を離れなくてもよかったのさ。でも、おれ、分らなくなってね。まだ子供だったもの。でも、おれ、海のものとも山のものともつかない代物だったのよ。有名な作家の先生がおれに来いと言ってる。おれを呼んで、秘書になれ、運転手になれ、ハウスキーパーになれ、筆記者になれなんて言ってる。どうやっておれのことを知ったんだろう？　誰が教えたんだろう？

スプーナー　この青年はあえて想像力を飛躍させた。このことができる者は少い。これをなす者は少い。この男はそれをなした。それ故にだ、神がこの者を愛し給うのは。

ブリグズ　お前さんが来たのはおれが推薦してやったからだよ。おれは昔から若い者が好きだった、役に立つからな。しかしそれにはあけっぴろげで正直な若い者でなくちゃいけない。あけっぴろげで正直でないと、ものの役には立たない。お前さんを推薦したよ、おれは。お前さんはあけっぴろげで、いつでもどうぞって感じだった、世間をたっぷり味わいたそうな感じだった。

フォスター　この仕事はためになるよ。すごく特別な頭の働き方にじかにふれるんだものな。この頭の働き方が滋養になるのさ。こいつのおかげで、おれは知恵がついたのさ。こいつのおかげで人間が大きくなった。だからね、こういう頭の働きを助けるのはやり甲斐があるんだ。どんなことをしろと言われても変だとは思わない。それだけじゃないよ。こいつは法律に違反しちゃいないんだ。おれのやってるのは曲ったことじゃなくてまともなことだ。これは嬉しいね。変になっちまうなんてわけなかったのさ。おれは今の仕事を誇りにしてる、誰にも後指さされないと思ってる。この気持、忘れられないよ。大義名分のために働いてるっていう。

（彼はブリグズのことを語る）

この人も仲間さ。この人なんだ、おれをその道に引入れたのは。随分教えて貰ったよ。何もかも手とり足とりで。ひとのためにこれほど身を粉にしてつくす人は見たことがない。この人が自分で言うよ。自分で話して貰おうよ。

ブリグズ　誰に？

フォスター　え？

ブリグズ　話すって？　誰に？

（フォスターはスプーナーを見る）

フォスター　それは……この人に。

ブリグズ　こいつに？　この尺八野郎に？　この肥溜野郎に？　この皿なめ野郎に？　糞ったれめ、何を言ってるんだ。見ろよ、こいつを。糞の中に首突っこんで小便浴びせられて喜ぶような手合だ。何だってこんな奴に話をしてるんだ、お前は？

ハースト　そう、そうだがね、これは根はいい男なんだ。オックスフォード時代の知合いでね。

（沈黙）

スプーナー　（ハーストに）わたくしをお傍において秘書にして下さいよ。

ハースト　この部屋には大きな蠅でもいるのか？　ぶんぶんいってるのが聞えるぞ。

スプーナー　そんなことはない。

ハースト　ないって？

スプーナー　そう。

（間）

お願いです……どうかわたくしを御採用下さいますように。わたくしがあなたの着ておられるような服を着ておりましたら、お考えも変る筈です。わたくしこれで、もの売り、押売り、外交員、尼さんなどの応対はお手のものです。わたくしはお望みとあれば黙っておりますし、また多弁にもなります、お望みとあれば。お気に入りの話題は何でもこなします——わが国の将来、野生の花、オリンピック、何なりと。なるほどわたくしはこれまでに辛い目にもあって参りましたが、想像力と知性は少しもそこなわれておりません。勤労意欲もむしばまれておりません。いかに重大かつ困難な責任といえども、になう力は今なおもっております。気分の点ではお望みのままになります。わたくしはつまるところ控え目な方でして。正直者で、しかも注意されても分らぬほどの年にはなっておりません。料理の腕前は端倪すべからざるもので、どちらかというとフランス風を得意としますが、質朴な料理も大丈夫やってのけます。ほこりにはよく目配りのきく方です。わたくしの台所は塵一つないものとなりましょう。ものは大切に致します。お宅のナイフやフォークは心をこめて扱いましょう。わたくしにできますのは、チェス、ビリアード、それにピアノ。ショパンをひいて差上げてもいい。聖書を朗読して差上げてもいい。いいお相手になりますよ。

（間）

確かにわたくしの人生は山あり谷ありでした。わたくし、あの世代では出世株の一人だったのです。だが何かが起った。それが何だったかは分りません。それにもかかわらず、私はなお私であり、汚辱や窮乏の痕跡をとどめてはおりません。私は依然として私です。あなたのお役に立とうというのは、阿諛追従ではなく古人のごとき誇りをもってのこと。戦士としてここに参上しました。あなたを主君にできるならこれにまさる喜びはありません。わたくしはあなたの卓越の前に膝を屈するのです。わたくしには敬虔、節制、寛大、善良などの特質がそなわっております。それらに用はないとおっしゃるのは、あなた御自身の御損。紳士たる身のつとめとして、わたくしはあくまでも言行においては柔和、所業においては果敢、行動においては節度と礼儀をわきまえている、ということは、あなたの私生活は一切乱さぬということです。しかしながら、あなたに対して僅かなりとも不当の振舞いがなされる時は、断じてそれを見逃しません。あなたの破滅をたくらむいまわしい力をあからさまにあらわすやからはすべて、わたくしの剣によってたちまち八つ裂きにされましょう。くもりなき面《おもて》とけがれなき良心を保つことが、この身のつとめと考えます。あなたのためには死をもいといません。あなたのためとあらば臆することなく死に立向いましょう、それが荒野であれ寝室であれ。わたくしはあなたの騎士なのです。内なる敵あるいは外なる仇にあなたの尊厳をみすみすけがさせる位なら、喜んで名誉ある墓にこの身を埋めましょう。どうか何なりと御命令を。

（沈黙）

（ハーストはじっと坐っている。
フォスターとブリグズはじっと立っている）

お答え下さる前に、もう一つ申したいことがあります。わたくしは時たままさる酒場の二階で詩の朗読の会を開きます。出席者は概して相当数ありまして、おおむね青年層です。わたくし、一晩をあなたに提供致したいと存じます。御自分の作品をお読み下さればよろしい、興味と知識にみちた聴衆、この上なき熱狂をもってわきたとうとしている聴衆を前にして。満員になることは請合います、そこで謝礼の件は、しかるべき額を決めてそれを差上げてもいいし、そうしろとおっしゃるなら収益の相当額を歩合制でお取り下さっても結構です。青年諸君が大挙して朗読を聞きに来る、これは間違いありません。わたくしどもの委員会は、まことにもって僭越ながら主催者を名乗らせて頂きましょう。あなたを聴衆に紹介する役は、あなたのお仕事についての権威者、おそらくかく申すわたくしとなりましょう。朗読が稀に見る成功となることは確かでありますが、それが終ると階下のバーへと席を移し、そこで店の主人――と申すのはたまたまわたくしの友人ですが――主人が費用は店もちであなたを御接待申し上げることになりましょう、先方ではまことに天にも登る心地で。その近所には極めて格式あるインド料理店がありますが、そこへわたくしどもの委員会が御招待申上げます。あなたのお顔がじかに見られることは滅多にない、あなたのお言葉はこれほど知れ渡っていながら、極めつきと申すべき御自身の朗読によって聞かれることは滅多にない、というわけで、この催しこそはいやが上にも珍しい、まさに千載一遇と呼ぶべきものとなりましょう。ぜひぜひこういう重大事のもつ社会的意義を真剣に考慮して頂きたい。あなたはそこへ自らおいでになるのです。あなたは青年諸君に、青年諸君はあなたに、めぐりあうことになるのです。年長者たちも、ほとんど希望を失っている年長者たちも、この時ばかりはわが家を出て姿をあらわしましょう。新聞記者連中のことなら心配御無用。うるさくつきまとったりしないように、このわたくしが責任をもちます。よろしければ、写真を五、六枚とるのは認めてやりますが、しかしそれが限度です。もちろんあなたの方で、こういう機会にぜひとも何かしゃべりたいと言われるなら話は別です。朗読の後、夕食の前に、何と申しますか、ささやかな記者会見でも開こうと言われるなら話は別で、そうなればあなたは新聞を通じて世界に語りかけることができます。しかしこの話は追ってまた、決してこちらの条件には致しません。差当っては、楽しくくつろいだ雰囲気で行う内輪の朗読会を開こうではないかということでいかがでしょう、参加した者すべての思い出に残る一夜の集りをやろうということでは。

(沈黙)

ハースト 話題を変えよう。

(間)

これを最後として。

(間)

おれは何と言った?

フォスター これを最後として、話題を変えるんだって言ったよ。

ハースト　しかし、それはどういう意味だ？
フォスター　それは二度と話題を変えたりはしないって意味さ。
ハースト　二度と？
フォスター　二度と。
ハースト　二度と？
フォスター　これを最後としてって言ったよ。
ハースト　しかしそれはどういう意味なんだ？　どういう意味なんだ、それは？
フォスター　それはいつまでもという意味さ。これを限りに、これを最後として、いつまでもこのままというつもりで、話題が変ったという意味なのさ。たとえば、話題が冬なら、それはいつまでも冬なんだ。
ハースト　話題は冬なのか？
フォスター　話題は今は冬さ。だからいつまでも冬なんだよ。
ブリグズ　そしてこれを最後として。
フォスター　最後までいつまでも。たとえば話題が冬なら、春は二度と来ない。
ハースト　しかしどうなんだ——頼む、教えてくれ——
フォスター　夏は二度と来ない。
ブリグズ　木々は——
フォスター　二度と芽を出さない。
ハースト　頼む、教えてくれ——
ブリグズ　雪は——
フォスター　いつまでも降り続ける。だってあんたは話題を変えたんだもの。これを最後として。
ハースト　だがそうしたのか、おれたちは？　それを聞いてるんだ。変えたのか、おれは？　おれたちは話題を変えたのか？
フォスター　もちろんさ。これまでの話題にはけりがついた。
ハースト　何だった、これまでの話題は？
フォスター　誰も覚えてない。あんたが変えてしまった。
ハースト　今の話題は何だ？
フォスター　話題を変えることはできないってこと、だって話題がもう変ってしまったんだから。
ブリグズ　これを最後として。
フォスター　だからこれ以外のことはもう何も起らない、いつまでも。あんたはただここに坐ってるだけだ、いつまでも。
ブリグズ　でも一人きりじゃない。
フォスター　そう。おれたちが一緒にいる。ブリグズとおれが。

（間）

ハースト　今は夜だ。

フォスター　そしてこれからはずっと夜だ。

ブリグズ　だって話題は——

フォスター　もう変えられないんだから。

（沈黙）

ハースト　しかし私には小鳥の声が聞える。君たちには聞えないのか？　これまでに聞いたことがない声だ。今聞えるこの声、きっと私が若かった頃にはこんな声がしていたんだ、だがその時の私には聞えなかった、その時私たちのまわりではこんな声がしていたというのに。

（間）

そう。そうなんだ。私は湖に向って歩いている。誰かがついて来る、木立の間を。この男をまくのはわけはない。水中に浮んでる人間の身体が見える。大変だ、これは。もっとよく見ると、私の間違いだったことが分った。水中には何もない。私はひとり言う——誰かが溺れてるのが見えた。でも私の間違いだ。そこには何もない。

（沈黙）

スプーナー　そうだ。君がいるのは誰もいない国。それは決して動かない、決して変らない、決して老いることもない、ただいつまでもそのままで、冷く、静かに。

（沈黙）

ハースト　そいつに乾杯しよう。

（彼は飲む）

（ゆっくりと照明が消える）

——幕——

〔*NO MAN'S LAND*〕

解題

この第三巻は、ハロルド・ピンター（一九三〇～）が一九六五年以後に発表した作品を収録している。第二巻の作品が割合に具体的で現実的な題材を扱っていたのに対して、この巻の作品は抽象性においてむしろ第一巻の作品に近いように見える。しかし、人間存在を他者との関係において捉えるという傾向の点では、第二巻に収めた作品群に明らかに近い。第三巻の作品で吟味されているのは、ある人間が他の人間と関係をもつというのはどういうことなのか、この関係は客観的に確認できるものなのか、といった問題であろう。初期のピンターが、人間の存在を他者から切離して吟味する傾向をもっていたのを思い起す時、二十年近くの間に生じた視点の変化はやはり明瞭に感じとれるのである。

『ティー・パーティ』は一九六四年に書かれ、翌年三月にテレヴィジョンで放送された。これは一九六三年に執筆された同名の短篇小説をもとにしている。小説の方は『プレイボーイ』一九六五年一月号に発表され、その後、彼の戯曲集に収められるようになった。戯曲集にはピンター自身による次のような前書が添えられている。

私はこの短篇を一九六三年に書き、一九六四年にBBCからヨーロッパ放送連盟のために劇を書くことを依頼された。私は同じ主題を戯曲形式で扱うことに決めた。私の考えでは、短篇の方が成功している。

どちらの方が成功しているかはともかくとして、視力の衰えというかたちで性的能力の衰えを描くという発想は、既に『かすかな痛み』でも用いられていた。だが、人物の捉え方が『かすかな痛み』の場合よりもはるかに多面的になっていることは、注目される。この作品は次の『ベースメント』と一緒に一九七〇年に舞台化された。『ベースメント』は一九六六年に書かれ、翌年にテレビ・ドラマとして放送された。ただしこれは、一九六三年頃にニューヨークの出版社グローヴ・プレスのもとめに応じてまず映画シナリオ『コンパートメント』(The Compartment) としてまとめられた。グローヴ・プレスの最初の計画では、ベケット、イヨネスコ、ピンターという三人の劇作家の書下しのシナリオを映画化することになっていたが、実際に映画化されたのはベケットの『映画』だけであった。こういうわけで『コンパートメント』は『ベースメント』となってテレヴィジョンで発表された。その時には、ピンター自身もストットの役で出演した。

ある場所をめぐって侵入者と被侵入者の立場が逆になるという発想は、ピンターの作品においては最も基本的なものの一つである。この全集には、明らかに『ベースメント』の原型と考えられる『クルス』と『試験』を併せて収めた。対話形式の詩『クルス』は、一九四九年——つまりピンターがまだ十八歳かせいぜい十九歳であった時——の作品である。短篇小説『試験』は一九五五年の作品で、一九五九年に『プロスペクト』という雑誌に発表された。詩と同じく、ここにもまたクルスという名の人物が登場し、煖炉の火についての言及が現れる。『試験』や『クルス』の文体は——ある程度は意図的にそうなのかも知れない——かなり生硬だが、『ベースメント』になると、文体は完全にこなれたものになっている。三つの作品をあわせて読むことによって、我々はピンターの作家としての発展の跡を辿ることができるであろう。

『風景』は舞台での上演を意図して一九六七年に書かれたが、台詞の中に現れる猥語が当時はまだ残っていた脚本の事前検閲制度によって問題にされた。ピンターはその部分を書改めることを拒否し、作品は検閲制度の適用を受けないラジオで発表された。そして、この制度の廃止を待って、一九六九年に次作『沈黙』と併せてロイアル・シェイクスピア劇団によって舞台化された。

『風景』と『沈黙』は——ことに『沈黙』は——ピンターがこれまでに発表した作品の中では、言語の解体ないし断片化という現象の点で最も著しいものである。『沈黙』の台詞はしばしば文章の途中で終っている。また、舞台で起ることは現在の事件のようでも過去の事件のようでもあり、時間そのものが首尾一貫性を失っている。これはピンター的な世界観の一つの帰結であろう。この二作品によってピンターは、ハンブルグ大学から一九七〇年のシェイクスピア賞を与えられた。『ハンブルグにおけるスピーチ』はその授賞式における挨拶で、イギリスの演劇雑誌『シアター・クォータリー』第一巻第三号（一九七一年）に掲載された。

『夜』は一九六九年に書かれた小品で、結婚についての九人の作家の十六篇の寸劇を集めた『混合ダブルス』というだしもので用いられた。明瞭に風習喜劇的な作品だが、二人の人間が互いに矛盾する記憶を語り合い、過去にどんな事件があったのか結局において分らなくなってしまうという内容は、その後『昔の日々』や『誰もいない国』において、もっと深刻なかたちで採上げられることになる。

『昔の日々』は一九七〇年に書かれ、翌年ピーター・ホールの演出によってロイアル・シェイクスピア劇団が上演した。ピンターの作品をこの劇団が上演するのは、どうやらこれ限りとなったようだ。と言うのは、一九七三年にピーター・ホールはローレンス・オリヴィエの後を継いでナショナル・シアターの芸術監督となり、ピンターもホールに誘われてナショナル・シアターの演出スタッフに加わったからだ。そして、ナショナル・シアターがホールの演出で上演した最初のピンター劇が一九七四年作の『誰もいない国』である。ジョン・ギールグッドとラルフ・リチャードソンという、現代イギリス劇壇を代表する名優二人が中心人物を演じた。

二人の中心人物がかつてオックスフォードにいたのかどうか、かりにいたとしても、彼等が語るような事件があったのかどうかは、例によってはっきりしない。ただ、ここで描かれているらしい三角関係めいた状況の原型は、一九七二年に書かれ、翌年四月に放送されたテレビ・ドラマ『独白』に既に現れている。「独白」の語り手と聴き手とは、大学の頃に黒人のガールフレンドを共有していたらしい。しかし、事実がそうであったという保証はない。何しろ、聴き手がそこにいるのかどうかさえ分らないのだ。聴き手はそこにいてまともに反応してはいるのだが、その部分は省略されているのかも知れない。あるいは、聴き手はそこにいることはいても、終始沈黙しているのかも知れない。あるいは、本当は聴き手はいないのに、いるかのように語り手が振舞っている——つまり、語り手が一種のゲームを演じている——のかも知れない。あるいは、語り手はいくらか精神に異常を来していて、そこにいもしない聴き手がいると本気で信じこんでいるのかも知れない。また、聴き手は実は語り手のもう一つの自我であり、ある人間の人格の分裂がこういうかたちで捉えられているのだとも考えられる。こんな風にさまざまの解釈を施すことができ、しかもどの解釈をとっても筋が通るところがピンター劇の面白さである。

無名の俳優だったピンターに戯曲を書くことをすすめ、ピンターが『部屋』によって劇作家として出発するきっかけを作ったのは、彼の古くからの友人で当時ブリストル大学演劇科にいたヘンリー・ウルフだったが、『独白』はこのウルフによって演じられた。

第一巻や第二巻の解題でふれた通り、ピンターは劇作家だけでなく、俳優や演出家や映画シナリオの作者としても活動しているが、ここ十年ほどの彼はこうした仕事においてもこれまで以上の成果を挙げている。すなわち演出家としては自作よりもむしろ他人の戯曲を手がけるようになったのである。最初の試みはロバート・ショーの『ガラスの箱の中の男』（一九六七年）であった。ショーはわが国では映画俳優として知られているが、小説家、劇作家としてもいい仕事をしている。『ガラスの箱の中の男』はまず小説として発表され、次いでショー自身が劇化したものであった。この舞台は翌年ニューヨークでも脚光を浴びた。

一九七〇年にはピンターはジェイムズ・ジョイスの『亡命者たち』を演出した。これはジョイスの唯一の戯曲で、一九一九年に上演された後、事実上埋れたままになっていたのを、あらためてピンターが採上げたのである。青年時代のピンターがジョイスの小説を愛読したことには第一巻の解題でふれたが、この戯曲が扱っている、事実を確認することの困難さ（ある男の妻が別の男と関係を結んだかどうかが結局において分らないというのが劇の物語である）という主題には、ピンター自身の作品に通ずるところがある。『亡命者たち』は配役の一部を変え、ロイアル・シェイクスピア劇団のレパートリーとして翌年再び上演された。

この一九七一年には、ピンターは新進作家サイモン・グレイの『バトリー』を演出したが、一九七三年になって、これをグレイのシナリオによって映画化した。ピンターが映画監督の仕事をしたのはこれが最初である。一九七五年に、彼はまたグレイの新作『只今取込み中』を演出した。この作品は好評で、現在ロンドンとニューヨークの両方でなお上演中である。どちらの劇も知識人の精神的頽廃を描いたものだと言えよう。

ピンターがピーター・ホールに誘われてナショナル・シアターのスタッフに加わったことは先に述べたが、これまでのところ彼はナショナル・シアターで二本の作品を演出している。一つはイギリスの中堅作家ジョン・ホプキンズの新作『最近親』（一九七四年）、もう一つはノーエル・カワードの一九四一年の喜劇『陽気な幽霊』（一九七六年）である。後者は、カワードの作品を単に滑稽な喜劇でなく、人間関係の苦さをも描いた劇として理解した舞台として評判になった。

演出家としてのピンターの最も新しい仕事は、ヘンリー・ジェイムズの小説『ねじの回転』をウィリアム・アーチボルドが脚色した『無垢なる者たち』の、ニューヨークでの上演（一九七六年十月）である。

一方、映画シナリオの方でも注目すべき作品がいくつか生れた。アダム・ホールのミステリーを脚色した『クィラーのメモ』（マイケル・アンダーソン演出、アレック・ギネス、ジョージ・シーガル主演、一九六六年）、ニコラス・モズリーの小説による『できごと』（ジョーゼフ・ローシー演出、ダーク・ボガード主演、一九六七年）、L・P・ハートリーの小説による『仲介者』（ジョーゼフ・ローシー演出、アラン・ベイツ、ジュリー・クリスティ主演、一九七一年）（わが国では『恋』という題名で公開された）などである。『できごと』ではピンターは一シーンにだけ登場する役を演じた。最も新しい作品は、F・スコット・フィッツジェラルドの未完の小説『最後の大立者』の脚色である。シナリオは一九七四年に完成し、エリア・カザンの演出、ロバート・デ・ニーロの主演によって作られた映画は一九七六年に公開された。

この間にピンターは自作『バースデイ・パーティ』と『帰郷』の映画シナリオも書いているのだが、この他に未だに映画化されていない作品が二本ある。一つはアイルランドの作家エイダン・ヒギンズの『ラングリッシュ、おりて行け』（一九七〇年）で、ピンター自身の話によると、計画が立ち消えになったので映画化される見込みはないということである。もう一つはプルーストの『失われた時を求めて』で、ジョーゼフ・ローシーの演出で映画化されることになっており、ピンターが三年を費したというシナリオは既に一九七二年に完成している。プルーストの小説はピンターの作家としての形成に大きな役割を果したということであり、この映画はその意味でも興味深いものになるに違いない。

ピンターの仕事をこうしてまとめて紹介することができるのは、私個人にとっても大きな喜びである。多年にわたってピンターの作品に親しんで来た共同飜訳者の小田島雄志、沼澤洽治両氏も思いは同じであろう。

この間にお世話になった方はあまりに多い。ここではただ、さまざまの折に訳者の質問に答えたり資料を提供したりして下さったハロルド・ピンター氏、この企画の実現のために尽力して下さった安部公房氏、刊行に至るまでの仕事を丹念に、しかも能率的に処理して下さった新潮社出版部の大門武二氏のお名前を挙げ、深く感謝する次第である。

一九七七年十月

喜志哲雄

＊本書には、今日の観点からすると差別的あるいは差別的と受け取られかねない語句がありますが、作品の意図が差別を助長するものではなく、また作品の社会的背景を考慮し、旧版のままとしました。

＊本書は、一九八五年小社刊行の「ハロルド・ピンター全集」全三巻セットの新装版です。

Photograph by R. Jones

ハロルド・ピンター全集《ぜんしゅう》 III

発　行　2005年12月10日

著　者　ハロルド・ピンター
訳　者　喜志哲雄《きしてつお》・沼澤洽治《ぬまさわこうじ》
発行者　佐藤隆信
発行所　株式会社新潮社
〒162-8711 東京都新宿区矢来町71
電話　編集部 03-3266-5411
　　　読者係 03-3266-5111
http://www.shinchosha.co.jp
装　幀　新潮社装幀室
印刷所　大日本印刷株式会社
製本所　加藤製本株式会社
製函所　株式会社岡山紙器所

ISBN4-10-518002-9 C0097

価格は函に表示してあります。
乱丁・落丁本は、ご面倒ですが小社読者係宛お送り下さい。
送料小社負担にてお取替えいたします。